MISHIMA YUKIO

# 三島由纪夫

作品系列

# 午后曳航

译者＝帅松生

MISHIMA YUKIO

三 島 由 纪 夫

上海译文出版社

# 第一部　夏

# 一

“睡吧！”

话音刚落，妈妈就从外面反锁上了登的房门。若是发生火灾什么的，您可打算如何应对呢？尽管妈妈曾发誓：到时自不必说最要紧的就是首先打开这扇房门。可是，如果那时木材被火焰烧得蓬松膨胀，涂料堵住了锁眼，您又当如何应对呢？难道从窗口逃生不成？然而，窗下的地面上铺着石板，这幢出奇高挑的建筑物的二楼也高得令人深感绝望。

一切都是登咎由自取。此种待遇起始于那次他在“头领”的诱使下，于午夜时分溜出家门之后。然而，无论遭到怎样的盘问，登都不肯说出头领的姓名。

这座位于横滨中区山手町谷户坡上的宅邸，建于登已故父亲之手。美军占领期间，家宅曾被接管并改造，二楼所有的房间里都修建了卫生间。因此，即便被锁在里面倒也并无大碍。然而对于十三岁的人来讲，却是一种颇大的屈辱。

这件事发生在登独自一人留守家中的某天清晨。懊恼至极的登，仔细地察看起整个房间来。与母亲卧室相连的地方装着硕大的抽屉。登将所有的抽屉全都拽了出来，把充斥其中的衣物一股脑儿抛掷到地板上。就在登借此泄愤之际，他发现其中一个抽屉拉出后留下的空当里射进了一束亮光。

登把脑袋钻进空当里，确认了亮光的来源。原来，那是从大海反射进来的、洒满妈妈离开家门后整个房间的、初夏午前炙热的阳光。登蜷起身躯，缓缓钻进抽屉空当里。即便是成年人，如果伏下身子，腹部以上的部分大约也可以爬进去。

登从窥孔望去，只觉得妈妈的房间格外新奇。

左侧墙边，是爸爸按自己所好，从美国函购的金光闪闪的新奥尔良风格黄铜双人床。爸爸去世以后，这张床就那么原封不动地一直摆放在老地方。床上铺着整洁的白色床单，上面以绒毛编织出一个偌大的“K”字。那是登的姓——黑田的罗马字拼写首字母。床单上放着一顶缀有浅蓝色长丝带的藏青色麦秸休闲帽。床头柜上则摆放着一台绿色电风扇。

右侧窗边置放着椭圆形三面梳妆镜。镜面被微微随意合起。从缝隙窥望到的镜子棱角，就像是冻结了的冰。镜前排列着古龙香水瓶、香水喷洒器、紫色收敛水瓶以及每个打磨面都在闪闪放光的波希米亚玻璃粉扑盒……深褐色的蕾丝边手套蜷作一团，宛若一束被捆扎在一起的枯萎卷曲的杉树叶。

化妆台对面靠窗摆放着长沙发、落地灯、两把椅子和一张精致的小桌。沙发上立着一个尚未绣完的罗纱刺绣绣框。这种东西现今已不再时兴，可妈妈却依然喜欢这种手工艺活。从这边望去，绣框中的花样不甚清晰。但见银灰色的绣地儿上，一只花里胡哨、像是鹦鹉的鸟儿的翅膀，刚刚绣到一半。一双长筒丝袜被胡乱抛掷在绣框旁。正是因为这堆纠成一团的肉色薄丝被搭放在像是锦缎质地的长沙发上，于是便奇妙地破坏了整个房间的安逸氛围。准是妈妈临出门前发现这双袜子已经跳线，便匆匆换上了其他袜子。

窗外可以看到的，只有耀眼的天空和几块在大海的映衬下看上去坚如珐琅的光润的云朵。

登根本无法相信，自己正在打量的，就是往日里妈妈的那个房间。这就仿佛是在偷窥一个暂时离开家门且素不相识的女人的闺房一样。然而，这里确实就是女人的闺房。房间的每个角落全都散发出地道的女人味，飘逸着幽淡的余香。

……突然，登注意到了一件怪事。

这个窥孔是自然形成的吗？抑或是占领军的几组家眷临时居住在这里，并且……

登躬身窝在这个充满尘埃气味的抽屉空当里，突然觉得一个满头金发、浑身是毛的身躯曾经更加勉为其难地蜷曲在这里。于是，这个窄小空间里的空气便立时变得酸溜溜的，令人难以忍受。

登扭动着身躯倒爬出来，匆匆奔向隔壁的房间。

他难以忘却当时那种奇妙的印象。

被登突然闯进的妈妈的房间，与刚才看到的那个神秘房间居然毫无相像之处，又变成了登司空见惯的妈妈那个单调的房间。它又恢复了自己的本来面目——那个妈妈夜晚停下手中的刺绣活计，憋着哈欠为登辅导作业的房间；那个妈妈嘟嘟囔囔发牢骚的房间；那个呵斥登“我就从没见你把领带戴直过”、“你不要总是以看船为借口跑到妈妈的房间里来，你已经不是小孩子了”的房间；那个妈妈时而查阅从店里带回的账簿，时而在税金申报单前托腮遐思的房间。

登在妈妈的房间里寻找着那个窥孔，却无法轻易找到。

仔细一瞧，这才发现裙板上方镶嵌着一围精雕细琢的老式木雕框。在木雕重叠的波浪间，窥孔被一个波浪巧妙地遮掩住了。

——登又慌慌张张地跑回自己的房间，拼命将狼藉一地的衣物叠好并照原样放回抽屉里。当他把抽屉全部井然归位以后，便在心中立下誓言：今后决不做任何可能引起大人注意抽屉的事。

自打知道这个秘密以后，尤其是在妈妈絮絮叨叨说个不停的夜晚，只要房门被锁上，登就会小心翼翼地拉出抽屉，百看不厌地偷窥妈妈就寝前的身姿。而在妈妈态度温和的夜晚，他则决不去窥视。

登发现了妈妈的一个怪癖：本来并未酷热到难以入眠的程度，可妈妈在临睡前的片刻时光里却总会一丝不挂。穿衣镜被放在室内一个无法窥望到的角落里，所以，当赤裸的妈妈离穿衣镜太近时，窥望就会变得极为困难。

妈妈刚刚三十三岁。由于参加了网球俱乐部，故而身材虽然纤瘦，却匀称秀美，相当漂亮。妈妈的习惯是：先往身上随意涂抹一些古龙香水，而后再上床就寝。不过，她偶尔也会侧身坐在镜前，以发烧患者般茫然若失的目光凝视着镜子。散发出浓烈香气的手指纹丝不动。那手指上的香水气味甚至飘到了登的鼻前。此时，登总会把妈妈合拢在一起的手指上的红色指甲油错看成鲜血而浑身直打冷战。

有生以来，登还是第一次如此仔细地观察女人的身体。

妈妈的双肩犹如海岸线般柔缓地向左右倾斜，虽然脖颈和臂膀被晒得微黑，然而从胸部起，却呈现出一片如同体内点燃了灯火一般温暖、白皙、丰腴、圣洁的领域。一直缓缓延伸到妈妈乳房的曲线突然变得挺拔骄矜。倘用双手去揉搓，两个葡萄色的乳峰就会迅速傲然隆起。那正在微微喘息起伏的腹部。那腹部的妊娠纹。为了研究这一切，登阅读了爸爸书斋里的那本红皮书，它被摆放在伸手难及的高高隔板内，并故意夹放在《四季花草栽培法》、《袖珍公司要览》等书籍中间，开口朝外且落满了尘埃。

登接着便看到了，看到了那片黑色的领域。但却无论如何都无法看出个所以然。由于专注过度，他的眼角开始隐隐作痛……他琢磨出了所有的猥亵语言，可那些语言却无论如何都无法拨开那簇毛丛潜入其中。

大约正像朋友所说，那里或许是一间可怜的空屋吧。可那间空屋与登自身世界的空虚又具有怎样的关联呢？

时年十三的登笃信：自己是一个天才（这也是他的伙伴们所共同确信不疑的）；世界由若干单纯的符号和决定组成；死亡自人降生那一刻起就牢牢扎下了根基，人只能为它浇水、培育，其他乏术；生殖是虚构的，因而社会也是虚构的；父亲或老师，正因为他们是父亲或老师，所以才犯下了弥天大罪，等等。因此，在他八岁时父亲的离世，对他来讲毋宁说是一件值得高兴的事，是一个值得夸耀的事件。

月夜里，赤身裸体的妈妈熄灯伫立在穿衣镜前。那个夜晚，这一空幻的印象掠走了登的睡眠。在那柔和的影与光中，无垠的猥亵图景真切地展现在登的眼前。

“假如我是阿米巴[①]，”登如是想，“凭借那极其微小的肉体，或许

① 一种单细胞生物。

就能够战胜这种猥亵的图景吧？然而人类那并不完善的肉体，是不可能战胜任何事物的。”

夜晚，汽笛声梦魇般自敞开的窗子闯进屋来。在妈妈态度温和的夜晚，他不去窥望并得以安然入睡，然而却在睡梦中再现着那些图景。

登为自己拥有一颗坚实的心而感到自豪，因此即便在梦中他都不曾哭泣过。他那颗坚实的心宛如一只巨大的铁锚——抗拒着海水的侵蚀，毫不理会那些深深困扰着船底的“富士壶”[①]或牡蛎，将自己无时不在经受磨砺的身躯凛然沉入堆积在港口淤泥中的那些空瓶、橡胶制品、旧鞋、缺齿的红梳子以及啤酒瓶盖等沉积物中……他期盼着有一天能在自己的心脏文上铁锚的图案。

……在暑假就要结束之际，妈妈最不温和的那个夜晚降临了。

是夜毫无先兆，突然降临。

妈妈在黄昏时分离开了家门，说是为了表达谢意，要请昨天在船上极为热情地接待了登的二副冢崎吃晚饭。临出门前，妈妈在深红色内衣上加套了一件镶着黑丝花边的和服，还系上了白色罗织带，漂亮得简直无法形容。

夜晚十时许，妈妈领着冢崎回到家中。登迎上前去，在客厅里听这位微醺的船员讲述船上的事情。十点半左右，妈妈开始催促登就寝。她把登赶回到楼上的房间里，从外面锁上了房门。

那是一个异常闷热的夏夜，更何况在抽屉空当里还要屏气止

---

① 学名藤壶，甲壳纲藤壶科节肢动物的总称。因形似富士山，故日语中称“富士壶”。

息。登摆好了随时都可以钻进空当的架势，一门心思等候着。午夜逝去良久，楼梯上传来了蹑手蹑脚的脚步声。这可是迄今为止从未有过的事。为了再次证实登的房门已被锁上，球形门把手被人在黑暗中令人悚惧地扭动了一下。俄顷，耳畔传来了妈妈房间的开门声。登蜷起汗水津津的身躯，钻进抽屉空当里。

登清晰地看到：妈妈房间洞开的窗上，一块玻璃正反射着南移的月光。二副解开了缀有金丝肩章的衬衫，敞胸凭依在窗边。妈妈的背影贴近了他。两人在窗边久久亲吻着。

片刻以后，妈妈开始抚弄男人的衬衫纽扣并低声嗫嚅着什么，随后便拧亮了光线柔和的落地灯，向登的眼前退了过来。在窥孔无法望到的房间一隅的衣柜前，妈妈开始宽衣解带。耳畔传来了与蛇的威吓声相似的、松开带结时的尖锐声响以及和服散落在地的柔声。窥孔周围骤然飘起妈妈平素洒在身上的朗万光韵香水[1]的浓郁香气。登这才知道，微有醉意的妈妈在闷热的夜晚步行归来以后，脱掉汗湿的衣裳时散发出来的香气竟会如此的浓烈酣醇。

窗边的二副目不转睛地向这边凝望着。在立式台灯光线的照射下，他那被日光晒黑了的脸部只有眸子在熠熠放光。

登借助那个每每与之比量个头的立式台灯，就大致推测出了二副的身高。肯定不到一米七，也就一米六五左右，或者再高些许。他不是那种身材高大的男人。

冢崎缓缓解开衬衫纽扣，接着便胡乱脱掉身上的衣服，随手掷在一旁。

---

① 法国品牌Lanvin推出的一款女用香水。

冢崎可能和妈妈年龄相仿，拥有一副远远超过陆地男人的伟岸体魄，宛若大海铸模铸造出来的一般年轻健壮。宽阔的肩膀犹如寺院的屋顶巍然耸立；被浓密体毛包裹的前胸傲然凸起；躯体上肌肉麇集，犹如以西沙尔绳缆用力搓结而成的条条绳结。其身上就好像披挂了一副随时都可以哗啦啦抖落在地的肌肉铠甲。尤让登惊诧不已的，是跃入自己眼帘的那尊光润的佛塔。它劈开冢崎腹部的深邃毛丛冲天而起，傲然挺立。

微光从侧面洒落在他那厚壮的胸脯上。清晰可见的是：散落下纤细投影的胸毛止在上下起伏地喘息。危险的月光死死投向妈妈脱衣的方向。背后反射的月光，在他耸起的肩头涂上了一道金色棱线，粗壮脖颈上的动脉也鼓起了一条金线。这是真正的肌肉黄金！是月光和汗水铸就的黄金！

妈妈脱衣耗时良久。也许是故意使然。

突然，从广袤的天空传来了汽笛声。那汽笛声从敞开的窗口蜂拥挤入，溢满微暗的房间。来自大海本身的呐喊声渐渐响彻耳畔。它承载了所有所有的一切——海潮那巨大的、肆无忌惮的、黑暗的、因逼迫的悲哀而无所不在且又无处逃匿的、如同鲸鱼脊背一般黝黑滑腻的所有情感；千百次航海的记忆；所有的欢喜与屈辱。这汽笛声从遥远的海面和大洋的正中，运来了对这间小屋幽暗花蜜的憧憬，挟持着夜晚的辉煌和无际的疯狂闯进屋内。

二副冷峻地转过身躯，把目光投向大海的方向……

——此时的登，只觉得自己有生以来一直憋闷在心头的情感郁结彻底舒展开来，似乎邂逅了一个毫无遗憾的奇迹瞬间。

在汽笛声传来以前，它还是一幅并不确切的朦胧绘图。面向这个人世难觅的瞬间，一切都已经准备妥当。精选的原材料亦已备齐。万事俱备，所欠缺的就是把这个驳杂的现实原材料堆场俄顷间变幻为一座宫殿的力量。

汽笛的如是鸣叫，猛然挥下了把一切变幻为完美形态所不可或缺的决定性一笔！

在此之前，月亮、大海的热风、汗水、香水、熟透了的男女裸体、航海的痕迹、世界各个港湾的记忆遗痕、通往那个世界的小小的憋闷窥孔、少年坚实的心——一切确已齐备。但是，这些只不过是一些散乱的纸牌而已，它们并不代表任何含意。多亏了这声汽笛，那些纸牌才倏然获得了宇宙间的联系——他与妈妈，妈妈与男人，男人与大海，大海与登。登窥望到了一条将上述一切连接在一起的、无法回避的存在之环。

……由于憋闷、汗水以及出神，此时的登已接近昏迷状态。他觉得已经看到：就在自己的眼前，如今确有一连串的线条被连接起来，正在描绘一个神圣的形体。这一切不容毁坏！因为这或许就是十三岁少年自己创造出来的。

“这一切决不允许遭到毁坏！如果这一切被毁坏了，世界的末日也就降临了。为了阻止这一天的来临，做任何残忍的事我都会在所不辞！”

在似梦非梦的状态中，登如是想。

# 二

家崎龙二为躺在陌生的黄铜床上睁开睡眼的自己感到愕然。身旁的床铺空空如也。接着，他慢慢想起了女人临睡前留下的话：孩子上午要去镰仓的朋友家游泳，她得早起叫醒孩子；等孩子出门后，她会马上回到卧室；在此之前希望他保持安静……等等。说完这些，女人便进入了梦乡。

他在床头柜上摸索着手表，借助遮光并不严实的窗帘漏光处的光亮判读着时间。八点差十分。登一定尚未离开家门。

大约睡了四个小时。若在往日，值夜班结束后，他有时也会沉沉入睡。

入眠的时间虽然不长，可眸子却炯炯有神。彻夜贪欢的快感仍如弹簧般坚韧地残留在体内。他伸了个懒腰，把双臂交叉着举到眼前，心满意足地看着硕壮手臂上的汗毛在窗帘透进的光亮中形成金色的涡状。

虽然还是清晨，却已然酷热难当。彻夜洞开的窗子上的窗帘，居然丝毫不见摆动。龙二再次伸了个懒腰，并顺手用指尖摁下了床头柜上电风扇的开关。

"二副，十五分钟后值班！"

适才在梦中，他清晰地听到了舵手的呼唤声。白昼从中午十二点到下午四点，深夜从零点到四点，二副都要值班，天天如此夜夜若斯。大海与星辰便是他眼前的一切。

在"洛阳"号货轮上，龙二是一个不易交往的怪人。他不擅长被称为船员唯一乐趣的闲聊以及船员用语中的所谓"侃大山"。有关女人的话题、陆地的话题、形形色色的吹牛皮……总之，他讨厌那种为了相互排解孤独而展开的庸俗的饶舌以及彼此为了巩固人际关系纽带而举行的仪式。

很多船员都是因为喜欢大海才当上船员的，龙二则不然。应该说他是由于讨厌陆地才当上了船员更为贴切。他从商船学校毕业后登上轮船时，正赶上占领军解除了不准出洋远航的禁令。于是他便随着战后的第一艘远洋货轮去了台湾和香港。接着，又去了印度和巴基斯坦。

热带风物使他心旷神怡。靠岸后，当地的孩子们为了换取尼龙袜或手表，每个人的手中都会捧着香蕉、番木瓜、菠萝、五彩缤纷的小鸟和小猴赶来。他喜欢上了倒映在泥水河里的孔雀椰林，心想，自己之所以如此眷恋椰树，或许因为它是自己前世故乡的植物也未可知。

然而，数年后，异乡的风景便不再引起他的兴致。

他形成了一种在本质上既不属于陆地、也不属于海洋的奇特的船员性格。讨厌陆地的人，或许就应该永远居住在陆地上。何出此言？因为对陆地的背离以及长期的航海，已经不由分说地导致他再度渴望陆地。他犯下了一个不合逻辑的错误——梦见自己所厌恶的对象。

龙二厌恶陆地具有的不动特征和恒久外观。然而，轮船却又是另外一种囹圄。

二十岁时的他曾经心潮澎湃地在心中嗫嚅：

“荣耀！荣耀！荣耀！我生来就只配得到它！”

他根本就搞不清自己希望得到何种荣耀以及哪种荣耀才适合自己。他只是相信：在世界黑暗的深处有一点光亮，那是专门为他准备的，也是特意为了照亮他才渐次靠近过来的。

他越想越觉得，为了获得荣耀，就必须把世界掉个个儿。要么世界被颠倒过来，要么得到荣耀，二者必居其一。他渴望暴风骤雨。然而船上的生活，却只不过告诉了他井然有序的自然法则和摇摆不定的世界的复原力而已。

船舱里日历上的数字，被一天又一天地用铅笔打“×”勾去。遵循船员的这种习性，他似乎也在逐次检查自己的希望或理想，并且每天勾销一个。

但是，深夜值班时，龙二有时又会觉得，在黝黑波浪的彼方，在冥冥暗夜中膨胀开来的光润的海水堆积物里，自己的荣耀宛若夜光虫一般正在麇集闪烁。它们正是为了光鲜地映照出自己耸立在人类世界绝壁顶峰的英姿，才悄然迎面涌来。

这时，在白色操舵室的舵轮、雷达、传声筒、磁罗盘以及从顶棚垂吊下来的金色信号钟的簇拥中，他越发对此笃信不疑。

“我肯定有着某种特殊的命运！一种闪闪发光、非我莫属、令那帮庸俗的男人无法容忍的命运！”

而另一方面，龙二却喜欢流行歌曲。他将新出的歌曲唱片带到船上，在航海期间完全学会了它们。每当工作之余他就会低声哼唱，一旦有人走近他就缄口不语。他最喜欢的是水手的歌（尽管一些自傲的船员无端讨厌这种歌曲）。令其尤为喜爱的就是下面这首《船员的工作不能丢》：

汽笛嘶鸣，彩带挣断
轮船驶离了口岸
我生来就是大海的男人
面对着渐渐远去的港湾
轻轻、轻轻地挥手
心潮起伏，热泪涟涟

从白班结束到享用晚餐的这段时间里，龙二总是独自一人坐在洒满夕晖的船舱里，调低音量，一遍又一遍地播放着唱片。之所以调低音量，是因为他不想让其他人听见，同时也是为了防止那些高级船员听见歌声而赶来和他“侃大山”。他的这个嗜好无人不知，故而没有谁进来打扰。

每当倾听或哼唱这首歌曲时，一如歌词所咏，龙二总是泪眼婆娑。并无任何拖累的他，居然会因为“面对着渐渐远去的港湾”这句歌词而感伤不已，说来未免有些令人费解。可是，泪水却并不听从他的使唤，更何况又是从他那个一直放任不管的遥远、阴郁、柔软的部分直接流泻出来的，仅管他已经到了这样的年纪。

当现实中的船舶确已远离陆地时，他的这些泪水却从未流淌过。他用带有轻蔑意味的眼神，眺望着静静向后退去的栈桥、船坞、几多的人字起重机以及仓库的片片屋脊。出发时的那种燃烧般的炙热情感，在十多年的航海生涯中已经褪去了色彩。他所得到的，只是被日光晒黑了的肤色和锐利的眼神。

他值班、入眠、醒来、值班，接下来又是入眠。由于尽可能一人独处，他的感情日趋过剩，存款额与日俱增。他擅长观测天体，对星辰感到亲切，熟稔绳缆的保管和甲板上的杂务。就在他不断于夜晚侧耳倾听海潮的轰鸣、分辨大海的鼓骚与蠕动、深入熟悉热带地域熠熠发光的积云和珊瑚礁附近的七彩海水的过程中，其存折上的数额也在逐渐上升。如今，在二副当中，他竟破天荒地拥有了二百万元的存款。

往昔，龙二也曾体验过挥霍的乐趣。他的童贞，就是在初航停靠香港后，被前辈船员带往蛋民[①]船上的女子处时失去的……

——龙二缓缓眯缝起眼睛，任凭电风扇把自己在黄铜床上抽过后燃尽的烟灰吹散开来，仿佛正在把昨夜欢悦的质和量，与自己初尝禁果时那难以忘怀的欢愉的质和量，摆放在天平上进行比较。

他的眸子里浮现出香港昏暗的码头、舔舐着码头的浑重的海水以及诸多舢板上幽暗的灯光。

蛋民部落夜泊的无数船桅和折叠起来的苇席桅帆对面，是香港市街高楼大厦的窗子和高高闪烁的可口可乐的霓虹灯。灯光盖住了眼前的微弱灯火，黑黢黢的水面反衬出远处霓虹灯的色彩。

龙二和前辈所搭乘的中年妇女的舢板压低了尾桨的声响，在狭窄的水域里向前滑行。不久，便来到一处闪烁着无数灯火的水面上。几间互相连接、灯火通明的女人的房间正在渐次向其眼前

① 指中国南方沿海从事渔业的水上居民。

迫近过来。

一串系在一起的船只列成横队，从三面围出了一个水上庭院。这些舢板的尾舱板面向这边，上面竖立着祭祀地神的红绿纸旗。线香袅袅。鱼糕形雨篷内贴衬着花纹布。舱篷里有一张用同样的花纹布装饰的台子，且无一例外全都竖立着镜子。龙二等人乘坐的舢板的船影，就在那些镜子里由一间篷屋移到另一间篷屋，轻轻摆动，遥映而过。

女人们故意摆出了一副漠然的神态。有的因寒冷勉强从被褥中抬起头来，脖颈处如偶人般涂满了脂粉，看上去略显扁平；有的则把被褥拥在膝上，独自一人用扑克牌占卜。扑克牌背面那红色和金色的豪华画面，在她们尖细泛黄的手指间闪闪放光。

"要哪一个？都很年轻嘞！"前辈说。龙二无语。

自己生平第一次挑选女人这件事，就发生在香港淤塞阻滞的海面上。朝着这枚污浊的红色小海藻，他摸寻着赶了一千六百海里的水路，如今正漂浮在幽光摇曳的香港海面。他为此感到异常的疲惫和困惑。不过，女人们确实个个年轻可爱。早在前辈开口以前，他就已经选好了一个。

他换乘到另一艘小船上，由于寒冷而蓬头垢面、脸色发黄且噤声不语的妓女突然露出了看似幸福的笑靥。无奈，龙二也相信了这个自己选来的幸福。女人放下花纹窗帘，遮住了舱口。

一切都在无言中进行。由于虚荣心作祟，他的身子微微颤抖，如同第一次登爬桅杆时一般……女人的下半身就像冬眠中半睡半醒的小动物一样，在被窝里缓缓蠕动着。龙二似乎看到了夜晚桅杆顶端危险摇曳着的星辰。那星辰向船桅的南方飘去，向北方飘去，又向极远的东方飘去。终于，星辰好像被串刺在桅杆上了……而当龙二清醒地意识到那就是女人时，一切都已终结。

敲门声响过以后，黑田房子亲手端着盛有早餐的托盘走了进来。

“对不起，来晚了，阿登刚才总算出了门。”

房子把托盘放在窗边精致的小桌上，将窗帘彻底拉开并敞开了窗子。

“连一点风丝儿都没有，今天没准儿又是个大热天。”

就连窗前的阴影，也如燃烧着的沥青一般散发出热气。冢崎龙二从床上仰起身子，将满是褶皱的床单裹在腰上。房子早已梳妆完毕。裸露着臂膀并非为了勾肩搭背，而是自然顺畅地活动着把早点的咖啡注入杯中。这一切看上去真是有些不可思议——那已经不再是夜里的臂膀了。

龙二把房子唤到身边亲吻着。房子眼睑处敏感细薄的皮肤，将其眼球的转动清晰地传导给了龙二。龙二可以觉察出，女人今晨即便双眸如此闭合，其心境也并不平静。

“几点去店里？”

“十一点以前到就行。你呢？”

“还是到船上去露个面吧。”

看上去两个人对他们一夜之间的创举多少有些困惑。眼下，就是这种困惑，形成了两人之间的一种礼节。发展到哪一步才合适呢？龙二以他所谓“小人物高深莫测的傲慢”揣度着。

从房子明朗的表情上可以捕捉到各种信息：既像是复苏，又像是忘却，抑或还可以被看做是为了不断地向自己和他人证明——无论从何种意义上讲，那个行为都不是一种“过失”。

“在这儿吃，好吗？”

房子向长沙发走去。龙二从床上一跃而起，将衣服胡乱穿在身上。

此时，房子正在凭窗眺望港湾。

“如果从这儿能看到你的船就好了……”

“那船可是远在郊外的码头里呀！”

龙二从后面拥住女人的身体，向港口望去。

俯视窗下，陈旧的仓库街上，红色的屋脊鳞次栉比，北面的山下码头内正在兴建着几座钢筋混凝土公寓一般的新型仓库。运河被往来的大舢板和驳船所覆盖。在仓库街的彼方，如同细小的拼木工艺品一般的贮木场，从外侧向大海延伸，形成了一条长长的防波堤。

在港湾风景这个巨大的铁砧上，夏日的朝阳如同一大片被捶打、延展的金属板，熠熠发光。

龙二用手指隔着蓝色麻布衣料抚弄着女人的两个乳头。女人轻轻翘起了下颏。发丝把龙二的鼻尖搔弄得有些发痒。如同其平素所想象的那样，他觉得自己是从极为遥远的地方，甚至是从地球的彼端千里迢迢赶来，如今终于接触到了这一细微的感觉，这种某一晴爽黎明凭依窗际时手指尖上的触觉。

房间里弥漫着咖啡和橘皮果酱的香气。

“我怎么觉得阿登那孩子好像觉察到了什么呢。不过，他好像挺喜欢你的，倒也没事……可是，为什么会发生这种令人难以置信的事呢？”

房子故作迟钝地说。

# 三

即使在元町，进口洋货店雷克斯也是一家有名的老字号。丈夫故去后，便由房子一手打点。小门小户的西班牙风格二层建筑非常显眼。厚厚的白色墙壁上开有西式花头窗，情趣高雅，朴实无华。店内有个不大的里院和可以仰视天棚的中楼。庭院里铺着从西班牙进口的瓷砖，院子中央有一个喷泉。那个胳膊上不经意地搭放着几条比巴库斯牌领带的巴库斯①青铜像，实际上是一件价值不菲的非卖品。在这家店铺里，除了商品以外，还有许多店主收集来的西洋古玩。

房子雇用了一位上年纪的经理和四个店员。顾客以山手町的外国人为主，此外还有许多从东京赶来的喜好打扮的时髦客人和电影演员等。银座的小店也会赶到这里来猎寻货品。因为在商品的鉴别和筛选方面，雷克斯的信誉历史悠久。店铺经营的多为男士用品，都是房子与承继了丈夫爱好的老经理一起精心购进的。

轮船停靠码头后，只要货物卸毕，她便会靠着丈夫在世时交情甚笃的进口贸易商行的代理人——报关行的门路，立刻匆匆赶到保税仓库去查看货物并办妥相关手续。其店铺的经营之道是"品牌至上”。譬如，同是耶格牌[②]的毛衣，品质顶级的和物美价廉的将对半订购，使售价保持一定的伸缩余地。即便同是意大利的皮革制品，也并不单单经营孔多蒂大街的高档货品，她还与佛罗伦萨的圣十字圣殿的皮革学校签订了特别合同。

由于难以撂下儿子于不顾而赶到国外采购，所以去年房子让老经理跑了一趟欧洲，最终与不少国家的客户建立了合作关系。老经理已为男性世界的潇洒罄尽毕生的精力。即便连银座都无处可觅的英国制鞋罩，也都在雷克斯的经销之列。

房子在与往日相同的时间来到店里。经理和店员向她问候了早安。房子向他们询问了两三个事务性问题后，便走进中楼的办公室查阅商用信函。窗边的冷气装置发出森严的声响。

能在和以往相同的时间坐在办公桌前，房子松了口气。她想，无论如何都必须如此。如果今天就这样关门休业的话，自己将会怎样呢？

她从手提包里取出女士香烟，一面点火，一面查阅摆在办公桌上的今日活动计划。女影星春日依子在横滨拍摄外景，午休时肯定会来豪购一批商品。她已经来过电话，让店里准备二十份礼品，说是不拘种类，只要是法国产的男士用品就行。原来她出国参加电影节时，把本应在国外购买礼品的钱花得一干二净，便想用回国后在雷克斯购买的商品敷衍了事。此外，横滨仓库的总经理秘书也会来购买几件总经理打高尔夫用的意大利制马球衫。说来，这些熟客都

---

① Bacchus，罗马神话中的酒神。
② Jaeger，英国奢侈品品牌。

是一些并无审美能力的买主。

从围墙上细窄的百叶门可以窥望到的楼下庭院里冷冷清清。摆放在庭院中的盆栽橡胶树叶片一侧的光泽依稀可见，看来，尚无客人光顾。

房子一直在担心：自己眼睛里依然炙热欲燃的感觉是否已被涩谷经理识破。这位老人正在用一种把纺织品放在手中打量琢磨的眼神观察着眼前的女人，即便她是自己的老板。

丈夫去世已经五载。今天早上房子才第一次计算起了那些岁月。逝去的时光虽然并不特别久远，可是从今天清晨起，这五年的时间却骤然变得令人目眩般遥远，似乎变成了一条永远也捯不到头的白色带子般的漫长岁月。

房子把香烟摁到烟灰缸里，仿佛要折磨它一番似的揉灭了烟头。男人已经在她身体的每个角落扎下了营盘，有一种挥之不去的感觉。她感到自己被衣服包裹着的肌肤已经浑成一体，胸部的肌肤与腿部的肌肤正在亲密地遥相呼应。男人的汗味至今仍然滞留鼻尖。房子仿佛在高跟鞋中苦思冥想一般，一直弯曲着所有的脚趾。

——她前天才第一次与龙二谋面。拗不过登这个轮船迷的百般央求，房子拿着从店铺老主顾——轮船公司董事那儿索要的介绍信，带他去参观了刚好靠泊在高岛港E码头的万吨货轮“洛阳”号。母子俩先是从远处朝那艘被涂成绿色和淡黄色的“洛阳”号眺望了片刻。货轮在夏日中闪烁着耀眼的光辉。房子撑开了白色蛇皮长柄遮阳伞。

“海面上到处都是船呀。它们全都是排队等着靠岸的！”

登卖弄似的说。

“这下可麻烦了，卸货要耽搁了。”房子倦怠地答道。仅仅是仰视一下轮船，她都会感到酷热难挨。

夏云翻滚的天空被轮船之间的缆绳交错分割开来。船首高耸着，恍若薄薄的下颏仰翘在那里。船首的顶端，飘荡着公司的绿底旗。铁锚被高高吊起，宛若一只硕大的铁青色螃蟹偎靠在锚孔处。

“好开心呦！”登天真地雀跃着，“这艘船的每个角落我都可以看个够喽！”

“别高兴得太早，介绍信能起多大作用还不知道呢。”

事后想来，当她如此这般眺望货轮“洛阳”号的全貌时，内心深处就已经产生了一种生平从未体验过的欢悦。“怎么搞的？怎么连我也像个小孩子似的？”这种感觉在房子连仰视一眼都会觉得燥热难挨的懒散状态下，竟毫无缘由地向她袭来。

“是平甲板型呀！嗯，这船还真不赖！”

登向对此并无兴致的母亲毫无保留地一一灌输着填塞在脑海中的知识。母子二人渐次走近了“洛阳”号。轮船竟如恢宏的音乐一般眼看着膨胀起来。登赶在母亲前面，跑着登上了泛着银辉的舷梯。

然而，房子手里拿着写给船长的介绍信，却有些心虚地在高级船员舱室前的走廊上踌躇起来。舱口处正在卸货，喧嚣嘈杂；而闷热的舱室前的走廊上却寂寥无声，甚至令人感到毛骨悚然。

就在这时，从挂着二副字样门牌的舱室内走出了身穿白色短袖衬衫，头戴制帽的冢崎。

“请问，船长在吗？”

“他外出了，有什么事吗？”

房子将介绍信递了上去。登睁着闪闪放光的眸子抬头仰望着冢崎。

“明白了，是参观呀！那就由我代替船长领你们去吧！”

冢崎目不转睛地注视着房子，语调生硬地说。

这就是两人的初次邂逅。房子对龙二当时的眼睛印象深刻。在那张看似不快的浅黑色脸膛某处，似乎积蓄着一种抑郁的情结。只有眼睛在注视房子，仿佛是在凝视遥远地平线上的一个小小的船影。至少房子是这么感觉的。用这种眼神来端详眼前女人的面孔，那目光未免过于敏锐和收敛过度。倘若没有辽阔的大海介于两者之间，则会显得很不自然。无时无刻不在凝望大海的眼神就是这个样子吗？当意外地发现了一个小点般的船影时，那种不安和喜悦，警戒和期待……而对被发现的船只来说，这是一种带有破坏性的眼神，只有大海的距离才勉强可以使这种无礼得到谅解。房子在对方这种目光的端量下，不由得浑身微微颤抖起来。

冢崎首先把两人领到船桥上。从艇甲板登上驾驶台甲板时，夏季午后炙热的日光正在将铁制扶梯斜着分割开来。眺望着海面上密密麻麻的货轮，登再次以内行似的口吻说道：

“喂，那么多的船，都是在排队等着靠岸吧？”

“挺懂行嘛，小朋友！它们有时要在海上等上四五天嘞！”

“码头空下来以后，是用无线电通知吗？”

“是的。公司会发来电报的，而且每天都要召开码头会议。”

从冢崎魁梧的背部流下的汗水，在其白色衬衫的各处描绘出肉色斑迹。房子看在眼里，同时对他像对待大人一样如此认真地应对一个孩子表达了谢意。然而，当冢崎转过头来，一本正经地询问她“这孩子知道得可真多呀，将来想当船员吗”时，她却有些困惑了。

房子被再次认真地凝视着。

她难以判断这个貌似木讷、又好像大大咧咧的男人是否拥有自己的职业自尊。就在房子把折叠起来的遮阳伞举到头顶遮蔽日光、眯缝起眼睛琢磨这一点的瞬间，她突然觉得自己似乎发现，在这个男人眉毛的暗影处，隐匿着某种令人意想不到的东西。那是一种在白昼的日光中似乎从未见过的东西。

“还是不当船员为好啊！没有比这一行更无聊的了……喂，小朋友，这个是天体定位仪。”

未待房子作答，他便拍打起那个涂着白漆、宛若一根长蘑菇似的仪器说道。

走进操舵室以后，登什么都想摸摸。机舱传令钟、遥控陀螺自动驾驶仪、雷达指示器、航迹自画器。登观看着机舱传令钟上的“停止”、“准备”、“前进”等诸多标识，看上去其脑海中似乎已经浮现出了航海过程中可能出现的各种海难图景。隔壁海图室的书橱里，摆列着航海表、天体日历、天体测量计算用表、日本港湾港则表、灯台表、潮汐表、航道志等各种资料以及留有橡皮擦抹痕迹的正在使用中的狼藉一片的海图。这一切都让登看得瞠目结舌。那海图简直就是一种不可思议的作业——宛若在大海中随意反复描绘涂抹着诸多戏耍的线条。更让登着迷的，则是航海日志上描画的各种图形——表示日出的半圆形小太阳，与之呈相反形状的日落，表示月上中天的细小的金色犄角和颠倒过来时的倩影以及潮涨潮落时缓慢的波形等。

在登沉浸于这种梦境中时，冢崎就伫立在房子的近旁。在闷热的海图室里，房子因为他的存在而感到热得透不过气来。当靠立在桌旁的白色蛇皮伞柄遮阳伞倒在地板上时，她觉得就像是自己昏倒了一般。

房子发出了细微的叫声。因为遮阳伞先是砸中了她的脚趾甲，然后才倒向了地板。

船员立即躬身拾起了遮阳伞。在房子看来，其拾伞的动作简直就像潜水员的姿势一样十分迟缓。抓着那柄遮阳伞，白色的制帽从几乎令人窒息的时间海底缓缓浮升上来……

——涩谷经理推开围墙上的百叶门，斜着探进那张布满深深皱纹的一本正经的面孔说道：

“春日依子小姐已经来了。”

“知道了，我这就过去！”

话音刚落，房子便产生了悔意——由于刚才被唐突地从回忆中唤醒，所以答话未加思考便冲口而出。

房子站在壁镜前，审视着自己的面部。她觉得自己现在似乎依然待在海图室里。

院落中，依子头戴一顶酷似向日葵的夸张帽子，正与一个年轻女随员站在一起。

“还是要请老板娘给看一下呀，否则……”

被冠以这种酒馆女主人一般的称呼，说来并非房子的本意。她缓缓走下楼梯，站到依子的面前：

“欢迎您啊！今天也很热嘛！”

依子抱怨起了码头外景地上那要命的酷热和现场拥堵的人群。于是房子脑海里立刻浮现出龙二在人海中的身影，心情也随之转坏。

“一上午竟然拍了三十个镜头，好家伙！木田先生拍得可真快……”

“片子拍得还好吗？”

“不行！凭那些片子终归是拿不到演技奖的。”

这些年来，依子的脑袋里塞满了要拿演技奖的执著念头。今天的礼品，就是体现她本人风格的一场针对审查委员会的“运动”。依子相信除了她自己以外的所有丑闻。已有迹象表明：她正在认真考虑，倘若那样做果真奏效的话，那么，即便委身于所有委员她也在所不惜。

需要抚养十名家庭成员而与生活做着抗争的依子，同时也是一个容易被欺骗的大骨架美人。房子非常了解这个女人的孤独。尽管如此，如果不考虑她的主顾身份，在房子眼里，她仍然是一个傲慢无礼的女人。

不过今天的房子却处在一种近乎麻痹的温和状态中。虽说她对依子的缺点和不佳人品了如指掌，可还是犹如观赏钵中的金鱼一样，将其列在了感觉清爽、可以宽恕者之列。

“秋天就要到了，我原想还是毛衣比较合适，可不管怎么说，也还是要以您参加夏季电影节时买下的礼品为大前提呀。所以就准备了一些皮尔·卡丹丝绒领带、吉弗四色圆珠笔和马球衫之类的商品。如果是送给夫人的，还是香水比较合适啦。我们为您准备了诸如此类的商品。总之，请您先过目吧。”

“我哪有那个闲工夫呀，马上就得急着扒拉一口午饭了。你就看着办吧。最要紧的，莫如说是包装盒和包装纸。礼品的真实感全在那上面呢！”

“我们一定会做到万无一失。”

——春日依子前脚刚走，横滨仓库的总经理秘书后脚就跟了上来。接下来的则全是一些生客。

房子的午餐简单且千篇一律，她让人把从近在咫尺的德国点心店买来的三明治和红茶放到办公室里。面对餐盘，房子又变成孑然一身。

房子在椅子上不断地扭动着身躯，像个钻进被窝续做断梦的人一样，再度安适地回到了前天“洛阳”号的船桥上……

……在冢崎的引导下，母子俩观看了货物的装卸作业。下到艇甲板后，他们从那里俯视着第四船舱的卸货光景。船舱张着黑乎乎的大口，宛若脚下的地面向左右两边裂开了一般。就在两人的眼皮子底下，一个戴着黄色安全帽的男人正站立在缓缓上升的舱板上，用手指挥着周围的人操纵卷扬机。

在微暗的舱底，到处都是搬运工那发出微弱光亮的半裸躯体。货物被人字起重机的转臂从舱里提起，轻轻摇曳着向舱口高高浮升上去之后，才第一次沐浴到阳光。那些正在半空中移动的货物以难以想象的速度滑行，其投影把阳光割裂成条纹。随着投影的轻快移动，货物早已抵达了船外的驳船上空。

极为缓慢的准备作业，一个又一个庞大货物的突然腾飞，钢索磨损处那危险、鲜艳的银色光辉……房子将张开的遮阳伞撑在肩头，观望着眼前的一切。

她产生了这样一种感觉：自己体内的诸多沉重货物，经过一个又一个漫长的深思熟虑和准备，俄顷间便被人字起重机那粗大强壮的转臂飞快地接二连三地轻轻抓走了。那些迄今为止自己一直以为无法移动的货物，如今突然浮游在空中。房子真切地品味到了这种感觉，并毫无厌倦之感。这或许就是那些货物的必然命运。而另一方面，这也是一种侮辱性的奇迹。

就要顺利地搬空了，房子想。一切都在毫不留情地进行着。尽管如此，这仍然是一段漫长凝重的时间，酷热几乎使人神志不清，对踌躇和怠惰则予以充分谅解。

就在这时，房子说出了下面的话：

“今天您在百忙之中接待我们，实在是太感谢了！说是聊表谢意未免有些那个，如果明天晚上您有时间的话，我想请您随便在哪儿吃顿便饭。”

她当时的话理应是一种极为冷静的场面应酬话。但冢崎却毫无疑问地理解为这是从已被酷热折磨得奄奄一息的女人口中吐出的梦话。他以极为坦率、近似诧异的眼神望着房子。

“昨天晚上在新豪华大饭店享用的那顿晚餐……”房子自忖，“不过是一顿表达谢意的晚饭而已。那个人很有高级船员的风度，用餐时规规矩矩、恪守礼节。饭后散步散了很久。他说要送我回家，就一起来到了山手町山冈上新建的公园里。可还是下不了分手的决心，于是便在可以俯瞰港口的公园长椅子上坐了下来。之后两人又聊了很久。聊的都是一些漫无边际的闲话。自打丈夫去世后，我还从未如此长时间地与男人闲聊过……”

# 四

与赶去上班的房子分手以后，龙二曾一度回到自己的船上，他们约定店铺打烊后再见面。但他随后便乘上出租车，在被夏季的炙热阳光烘烤得空空荡荡的大街上奔驰。然后，他登上山手町的山冈，在昨夜的那个公园里任凭时光逝去，除此之外他想不出该干些什么。

烈日当头的公园里人影稀疏，饮水处细小的喷水漾出池面，染黑了下面的铺路石。由崭新的支柱支撑着的扁柏树上蝉噪如雨。横陈眼前的港口正在发出钝重的轰鸣。然而，这幅白昼的港区景象，却已然被昨夜的回忆所覆盖。

他的思绪追寻着昨夜的一切。他已经反复品味了昨夜的往事。

龙二用指甲搔弄掉沾留在唇角上的发热干燥的香烟纸屑，任凭汗水渗出，一遍又一遍地想着：

“昨天夜里，我都拙嘴笨舌地说了些什么呀？”

关于自己的荣耀或死亡观念、潜藏于自己厚实胸膛里的憧憬或忧郁以及自己被赋予的、充斥于大海汹涌波涛中的那股阴郁宏大的感情，他未能对女人提起只言片语。每当他想要对女人说起这些时，总是无果而终。就在龙二自己也认为自己是个不中用的男人时，他又同时产生了一种自信——当宛如壮丽的马尼拉湾夕阳一样的物体将自己的胸中映照得彤红一片时，他便笃信自己是被命运选中的唯一幸运儿。然而关于这一笃信，他也丝毫未能提及。

“为什么还没结婚？”

他想起了房子的提问。当时，他暧昧地笑答：

“一个跑船的，轻易没人愿嫁呀！”

实际上，他当时想说的本是下述话语：

“同事们全都有两三个孩子，他们数十遍地反复阅读着家人的来信，上面绘有孩子们画的房子呀、太阳呀、花儿……那些家伙都是一些放弃了机会的人。我什么也不干，可我一直以为，只有我才是男人。我就是这样思考着活到了今天。你问这是为什么？那是因为，我是一个男人，那么，当某一天，孤独、清脆的喇叭声划破黎明前的黑暗响彻四方，孕育着灵光的厚厚云层微微低垂，遥远、尖锐的荣耀之声呼唤着自己的名字时，我就必须从床上一跃而起，独自冲出门去……就在如此这般地思考和生活的过程中，不知不觉已经过了三十岁。”

但是，这些话他没能说出口来。因为在大半程度上，他认为女人是不会明白这个道理的。

再有，他也未能谈及他的下述甘美观念、在其头脑中毫无缘由地孵育起来的理想的爱的形式：与人生中只可邂逅一次的那个至高无上的理想女人之间，必定会有死亡介入其间；对此两人茫然不知，并因此而被宿命所牵引。这种悲壮的梦想，恐怕只是流行歌曲的夸张。不过，这一梦想却在不知不觉中演绎成某种坚固的物体，在他的脑海中与海潮的郁暗情感、从大洋上滔滔涌来的海啸的嘶鸣、前仆后继且气势汹涌的破碎浪花的挫灭以及毫不松懈地紧追不舍的满潮的阴郁力量……与这一切相互缠绕、融合在一起。

龙二相信，眼前的女人的确就是他要找的那个女人。但他未能说出口来。

在这个他从未对人提起、久久梦幻着的庞大梦想中，他极具男子气概，而她则极具女人韵味。他们都来自世界的尽头，偶然相遇。是死亡把他们结合在一起。他们与萤光[①]和铜锣[②]之类浅薄浮华的别离、薄情寡义的船员之恋等远非同类。他们理应共同沉入人类尚未涉足的心灵海洋的深处。

……可是，他甚至未能将这些近乎疯癫的想法对房子提起半句。他说出的反而是下面这样一番话：

"在漫长的航行中，当你稍微靠近伙房时，不是可以看见萝卜和芜菁的叶子吗？那些绿色深深地渗入到我的心底。实际上我真想讴歌那些微不足道的绿色。"

"是啊，我觉得自己能够理解你说的一切。"

房子心旷神怡地答道。在她当时的语调中，流露出女人慰藉的喜悦。

龙二借来房子的扇子，为她驱赶着脚边的蚊虫。停泊在远方的船

---

① 指改编自苏格兰民谣的日本歌曲《萤光》，因常在毕业典礼上演唱而成为有名的离别之歌。
② 当时日本的船舶离港时会在船上敲响铜锣以示即将开船。

只的桅灯忽闪忽灭。就在眼前，井然排列着仓库的一个又一个檐灯。

他又想谈起那股猛然揪住人们的脖颈、将人们趋向不惧死亡境地的、不可思议的热情。然而他非但没有说出这些，反而不问自答地啧啧谈起了自己贫困的身世。

母亲去世后，在东京的区政府担任公务员的父亲便独自一人承担起抚育他和妹妹的责任；他的学费全都出自体弱多病的父亲拼死拼活挣来的一点加班费；尽管如此，他仍然健康茁壮地活了下来；在空袭中冢宅被炸毁，妹妹也在战争末期因斑疹伤寒而死去；战后，龙二从商船高中毕业，就在他即将独立而尚未独立之际，父亲也溘然离开了人世；龙二陆上生活的记忆，只有贫穷、疾病、死亡以及遭到焚烧后一望无垠的广袤原野；他就是这样一个已经彻底从陆地上解脱出来的人……他生平还是第一次对女人详细讲述这所有的一切。

在叙说自己的凄惨身世时，龙二有些多余地亢奋起来。他一边在心底一隅反复呼唤着现在的存款额，一边情不自禁地把自己曾那样渴望说起的大海的力量和恩惠稍稍放在一边，犹如一个平庸男人自夸自赞一般炫耀起自己的力量。这是他虚荣心的另一种表现。

龙二想要谈谈大海，譬如这样倾诉：

“我之所以在心底里一味地珍惜那种可以为之献出生命的爱情，或是令人周身产生灼热感的恋爱观，毫无疑问都是拜大海所赐。对于我们这些被关在铁船上的人来说，周围的大海酷似于女人。它的风平浪静，它的狂风暴雨，它的变化无常，夕阳西照的大海胸部的艳美毋庸赘言。然而，轮船在大海中前行，却又不断地遭到大海的拒绝；虽然是无穷无尽的水域，却又丝毫不能解除自已的干渴。尽管处在这样一种无法不令人想起女人的各种自然要素的包围中，却又总是远离女人的实体……根源就在它！我心中了然。”

然而，取代了如此详细的说明，实际从他口中飞出的，却只不过是他平素爱唱的那首歌的一节而已。

我生来就是大海的男人
面对着渐渐远去的港湾
……

“挺可笑吧？这是我最喜欢的歌。”

“这歌很不错嘛！”

房子回答。可龙二却在心中暗想：这个女人是在照顾我的自尊心。女人显然是第一次听到这首歌，但却装出一副平素就喜欢的模样。

“她不可能洞察出我藏匿于这种流行歌曲深处的情感、我时常热泪盈眶的痛切心绪以及我这个男人内心郁悒的底层。好吧！如果是这样，那我就只把她当做一个肉块来看待好了！”他想。

冷眼望去，再也没有比这更纤巧、更娇艳的肉块了。

房子在胭脂色内衣上加套了镶着黑绢花边的和服，系着白色罗织带，白皙的面孔清澈地浮现在微暗中。胭脂色在黑绢花边的映衬下显得格外妖冶。她甚至以女人特有的温柔沁润着四周的空气。龙二迄今为止从未见过如此奢华而优雅的女人。

每当她略微扭动身躯，远处水银灯的光线就会改变角度，把她的内衣由胭脂色变幻成深紫色。龙二可以感受到：在她内衣里那团芊绵茂密的阴影深处，女人的褶儿正在无声地喘息着。这个近在咫尺肉块上的汗水和香水的芬芳，径由微风传送到面前，仿佛不断地向他呐喊：去死吧！去死吧！去死吧！龙二想象着那悄然而非本意地蠕动着的纤细指尖骤然变幻成火指时的情景。

无法形容的漂亮鼻子，难以言喻的美丽嘴唇。他像棋手在经过深思熟虑后才投下围棋的棋子一般，把房子每一个艳丽的细微部分，置放在朦胧的黑暗中审视着。

那对眸子则冷淡至极，从沉稳的眼神中闪射出来的那束凄冷之光仿佛就是淫荡本身。那双眼睛对世界原本漠不关心，如今却一反常态地似乎正在倾诉自己死而无憾的风流情愫……从昨天约好一起用餐时起，这对眸子就已经迷得龙二难以入眠。

她的肩头是何等妖冶呀！从颈窝处起宛若海岸线一般在不知不觉中平缓舒展开来，却又不失威严。那丝绸衣服似乎就要从其肩头哧溜一声滑落下来。

“当我把这娘儿们的乳房握在手里时，”龙二想。“它该是何等汗津津而又沉甸甸地垂偎在我的掌中呢？我已经意识到：自己对这个女人的整个肉体负有责任。因为归自己支配的那个物体，正在温柔而无法抑制地撒娇——这也全都是拜眼前这个女子所赐。我为女人存在于此这一妙不可言的甘美而震颤。就像风儿会把树叶吹翻一样，我的震颤也将传导给对方。大约用不了多久，这个女人就会失去常态，陷入到一种高潮将至前的陶醉忘我的朦胧状态中去吧！”

一个奇妙的荒唐想法忽然挤进他的心田。他记起了船长曾对他提过以前去威尼斯时发生的事情。涨潮时船长到访，一层的大理石地面已被浸泡在水中的那个美丽的小小宫殿令其惊愕不已。

他不由得想要脱口而出——那小巧、美丽、浸泡在水中的“宫殿”……

“你再说点什么吧！”房子说。

女人说这句话的时候，龙二意识到：自己已经可以默默无言地去亲吻这个女人的嘴唇了。两人的嘴唇碰触到了一起。在唇部顺滑、热烈的蠕动中，每一次触碰，每一次摩擦，都蕴含了种种微妙的差异，都从各种角度相互映照出彼此的内心世界，成为把所有的温柔与甜美编织在一起的滥觞。龙二用粗大的手掌真切抚弄着刚才梦幻过的肩头，那远比梦幻更现实的肩头。

房子就像昆虫折叠起羽翼一般合上了齐整纤长的睫毛。龙二感受到了令人发狂的幸福。这幸福令他不知所措。就在方才，龙二还以为房子唇部涌上的气息来自她的胸部，然而，那热度和馨香已渐次使他意识到，这气息是从房子躯体内深不可测的内部升腾而来。气息的燃料已与方才迥然不同。

两人互相抚摸着对方的身体。他们以焦虑、笨拙的动作相互触碰，犹如火中的困兽在烈焰中蹭擦身体，想要灭掉身上的火舌一般。房子的双唇愈加滑腻，龙二觉得此刻即便就这样死去也毫无怨言。当微凉的鼻尖相互刮蹭到一起时，他才终于想起了幽默的感触——两个不同的肉块正活生生地存在于世。

“今天夜里住到我家怎么样？那片屋脊就是我家！”

当房子指着耸立在公园尽头树丛对面的石棉瓦屋顶这么说的时候，龙二已经记不清他们亲热了多久。

两人站起身来环顾了一下身后。龙二胡乱扣上船员帽，把手搭放在女人的肩头。公园里已经人迹杳然。海塔上红绿两色的旋转探照灯光，正在广场内空荡荡的石椅、饮水台、花坛和白色的石阶上来回扫巡。

他习惯性地看了看手表，路灯的光亮隐约映照到表盘上，表针刚刚转过十点。若在以往，还有两个小时他就要去值夜班了。

……龙二已经无法忍受烈日下的酷暑。西斜的太阳正在灼烤他的后脑门。

他今天在船上换了装束，穿上短袖衬衫后连制帽也没拿就跑了出来。大副为龙二免去两天的当值，让三副代替他。不过，作为交换条件，龙二必须在下一个港口代替三副去当值。为了今晚与房子幽会，龙二拿来了便装上衣和领带，然而衬衫早已被汗水濡湿。

他看了一眼手表，才四点。离约会还有两个多小时。见面的地点是元町大街的一家咖啡馆。房子曾告诉他，那里有一台彩色电视机。可现在这个时间的节目很难消磨掉两个钟点。

他站起身来，凭倚在公园的栏杆上向港口望去。与刚到这里时相比，仓库街正在向远处的填筑地方向大面积地伸展着三角形屋顶的投影。两三张白色的归帆，向游艇港方向移去。

海面上的积雨云，体积虽然尚未大到就要下雷阵雨的地步，但在夕照的映射下，此时正轮廓分明地雕刻出洁白肌肉般精致的紧张状态。

龙二转念朝身后广场一隅的饮水台走去。他对准大丽花、夏白菊和美人蕉等被暑热晒蔫了的花草，像孩提时代经常做的恶作剧那样，用手指压住喷水口，让扇状的水花喷射出去。叶片发出了沙沙的声响，漾起小小的彩虹。受到强劲水流的冲击，花株全都向后仰去。

他并不在乎衬衫会被打湿。这次，他把手指转向对面，心旷神怡地向自己的头发、脸颊和咽喉部位喷溅起水花来。水流从咽喉向胸口和腹部流淌。胸口滴答的水帘带来的凉爽感觉令他心满意足。他像狗一样粗野地摇晃着身躯，把水甩了出去。然后穿着满是黑色湿斑的衬衫，抱着上衣朝公园出口方向走去。在行走的过程中，衬衫很快就会晾干的吧。

龙二离开了公园。家家户户的房屋全都顶着异常坚固的屋脊，围着院墙，以极其娴静的姿态依次排列在那里。这些都让龙二觉得不可思议。在他眼里，陆地生活的一切，依旧是那样的抽象和不现实。偶尔从哪家厨房门口经过往里面瞟上一眼，但见刷洗打磨干净的锅正在闪闪放光。他认为这一切都极其缺乏具体性……他的情欲也不例外，越是肉体性的东西，他就越是感到抽象得令人恐怖。随着时光的推移而转化为记忆的内容，犹如被夏季的烈日灼烤后表面形成结晶的盐分一样，只剩下纯净的成分在闪耀发光。

“我今天夜里又会和房子上床吧。这休假的最后一夜，恐怕是要彻夜不眠了。明天黄昏即将出航。这意外的两夜，或许在形成记忆之前就会被自己忘掉吧。”

热天气并没给他带来睡意，他一边走一边思考着。每当想起一桩事，他都会涌起情欲，差一点被一辆正在上坡的进口汽车撞上。

这时，龙二看见从坡路上跑下来一伙少年。其中一人看见龙二后，旋即愕然伫立在那里。原来是登。

短裤下那颇具少年特色的膝盖猛然停住，肌肉紧紧绷绷。那张仰视着龙二的面孔，因为紧张而痉挛。看到这些，龙二想起了今天早上房子说过的那句话：

“我怎么觉得阿登好像觉察到了什么呢？”

刹那间，龙二与就要在孩子面前变得笨拙的自己搏斗起来，他夸张地笑了。

“呀，真是巧遇呀。泳游得怎么样啊？”

少年没有回答。他用清澈而毫无感情的目光直勾勾地盯着龙二满是水渍的衬衫，问道：

“湿……成这样，怎么弄的？”

“啊，你是说这个吗？”龙二再次露出多余的笑靥，“方才在公园里淋了一会儿喷水。”

# 五

登觉得在这里遇上龙二真是糟糕透顶。他在考虑，怎样才能使龙二不对妈妈说起在这里相遇的事。他今天根本就没去什么镰仓游泳，而且头领也在龙二看见的那伙少年中间。这倒也无所谓，因为任何人看见，都不可能有本事分辨出谁是头领。

今天早上，他们带着盒饭，来到神奈川区的山内码头，在仓库后面的铁路支线附近闲逛，和以往一样召开了会议，就“人类的无用性”以及“生存本身就毫无意义”等议题进行了讨论。他们喜欢这种很容易被打扰的不安定的会议场所。

头领、一号、二号、三号(即登)、四号、五号，六人全都是身材矮小的纤弱少年，在学校里个个出类拔萃。老师们倒是推崇这种优秀的小团体，乃至把它树为激励差等生的楷模。

这儿的会场是二号寻觅到的，包括头领在内的所有人都很满意。在山内市营一号线的货场后面，在高大的荒地野菊丛中，延伸着布满红色铁锈的轨道。道岔锈迹斑斑，破旧的轮胎遍地横卧。这里好像是一条久未使用的铁路线。

从远处可以眺望到，仓库办公室前的小小庭院里，美人蕉的花苞正在阳光的照耀下闪闪发光，那是夏末即将燃尽的火焰。少年们看到这簇火焰，顿觉难以躲避办公室守门人的眼睛。他们转身向铁路支线深处走去。线路在仓库紧闭的黑色大门处终了。门旁堆放着很多铁桶。在这些涂上了鲜艳的红、黄和深棕色油漆的铁桶的阴影处，登等人终于发现了一小块可以避开人们视线的草地。他们在那里坐了下来。炙热的阳光徐徐逼近仓库的屋顶，这里却依然处在阴影之中。

"那家伙很是了不起！从海上来到这里，身上还湿漉漉的，简直就像头野兽。我看见那家伙和我妈睡觉了。"

登亢奋起来，一一说出昨夜的情景。大家表情冷静地洗耳恭听，生怕听漏了什么。他们那目不转睛地注视着自己的样子令登感到满足。

"这就是你眼中的英雄吗？"听罢，头领撇了撇鲜红的薄嘴唇说道，"英雄之类，这世上根本就不存在！"

"不过，那家伙一定会干的！"

"干什么？"

"早晚会干一件惊天动地的大事！"

"真蠢。那种男人什么也不会干！他是冲着你老娘的财产来的。这才是最终的结果。对你妈敲骨吸髓，达到目的后就拜拜了。这就是结局。"

"即便如此，好歹也算是干了点什么呀！至少我们是办不到的。"

"你看人还很幼稚哩。"十三岁的头领冷冷地说道，"我们办不到的事情，大人们更办不到。这个世界已被贴上了'不可能'这一巨大的封条。你可别忘了，能够最终揭下这封条的只有我们。”

听了这话，大家不由得肃然起敬，噤声无语。

“你的爸妈，”头领这次对着二号说道，“仍然不给你买气枪是吗？”

“嗯。没有指望啊!”

二号抱着膝盖，以自我怜悯的语调答道。

“是说因为危险吧？”

“嗯。”

头领吥了一声。虽然是夏季，可他的面颊依然白净，上面凹陷着深深的酒窝。

“他们根本不明白危险的定义。他们以为，所谓危险，就是指现实世界稍微受到伤害、流了一点血以及报纸上大肆渲染的那些内容。那算什么？真正的危险是生存本身，舍此而无其他。因为生存本身实际就是一种令人头脑发狂的工作——生存本身只是一种单纯的存在混乱，但它可以于每个瞬间把存在解体并还原到原来的无秩序状态，然后以这种不安为诱饵，每时每刻都在力图改造存在。如此危险的工作无处寻觅。存在自身并没有不安，是生存硬把它制造出来了。社会原本就是一个毫无意义的、男女混浴的罗马式澡堂，学校则是它的雏形……因此，我们才被不断地命令。一群瞎子在对我们发号施令。这些家伙要把我们无限的能力搞得一塌糊涂。”

“大海怎么样？”三号登仍然固执己见地说，“轮船怎么样？昨天夜里，我的确捕捉到了你以前曾经说起过的世界内在的关联。”

“大海应该多少加以原谅，”头领深深地吸进一口从仓库穿堂而过的海风，接着说道，“的确，在为数不多的可以原谅的东西里，大海是可以特别予以原谅的。轮船可就不好说了。轮船之类与汽车有什么不同吗？”

“你不懂呀！”

“哎！”头领的小月牙眉间，流露出一种自尊心受到伤害后难以忍受的表情。那个人工描绘出来一般的眉毛总是让他生厌，可是，理发师却总想把他的额头和眼睑上方刮得干干净净。

“哎……居然说什么还有我不懂的事情？你怎么有想象这类事情的权利啊？”

“差不多该吃饭了吧？”

老实的五号提议。

大家各自在膝盖上打开了盒饭。这时，一个他们一直没有注意到的影子落在了盒饭上。登吃惊地抬头望去，原来是上了年岁的仓库值班人员，他穿着脏兮兮的土黄色汗衫，把臂肘支放在铁桶上往这边窥望着。

“嘿，小家伙们，你们居然到这种脏地方野餐来了？”

头领的态度非常平静，他向对方转过颇具优等生风度的洁净笑脸说道：

“这里不能来吗？我们是来看轮船的，为了吃午饭，才找到这块荫凉的地方。”

“当然可以！当然可以！不过走的时候可要把空饭盒收拾好啊。”

“好的！”

大家全都露出了孩子气的稚气笑容。

“我们连空饭盒也会吃下去的，什么都不会剩下！”

当驼背的仓库看门人在位于荫凉和向阳地界的铁路支线上走远以后，四号轻轻咂了咂舌头，说道：

“这种人随处可见。喜欢小孩子的庸俗之辈。真好说话呀！”

——六个人把饭盒里的三明治和小保温瓶中的冰红茶等带来的种种食品，根据各自不同的口味互相交换。几只麻雀飞过铁路支线，来到他们围坐的圆圈附近。大家为了炫耀自己的残忍不次于他人，谁也没有分出一颗饭粒去喂食麻雀。

他们都是“大户人家”的孩子，所以饭菜看上去绚丽多彩。登为自己那份略显简朴的三明治感到羞耻。少年们穿着短裤或牛仔裤，盘腿坐在地上。由于吃饭时噎了一下，头领那细细的喉头正在痛苦地蠕动。

酷热至极。太阳在仓库的正上方射出光芒，屋檐的浅影在勉为其难地庇护着他们。

尽管妈妈平时总是絮絮叨叨训斥自己不该狼吞虎咽，登还是宛若吞食太阳一般，眯缝着眼睛大口咽下干硬的烤面包边儿。同时，他在心底呼唤着昨晚所见的那幅完美无缺的画面上的图案。那是展现在近乎深夜里的绝对的蓝天。头领曾断言，就是走到天涯海角，在地球上都不会出现任何新的东西，可登还是相信热带腹地的冒险。他还相信另一种情景——在某一港口喧嚣缤纷的市场上，黑人们用黑得发亮的手臂捧着香蕉和鹦鹉正在叫卖。

“你好像一面吃东西，一面还在幻想着什么嘛！小孩子的毛病！”

头领冷笑道。被窥破心境的登无以作答。

“我们正在进行‘没有感情’的训练，所以不宜发火。”

想到这儿，登顿觉释然。对于昨夜的情景，他已经大致修炼出对房事不再惊恐的本领。为了对这类事情能够泰然处之，迄今为止头领很是费了一番苦心。他拿来一些不知从哪里搞到的照片，上面画着所有的性交体位和奇怪的性前戏示意图。他对大家做了详尽的说明，并且恳切地告诉大家，那种事情是没有意义的无聊之举。

这种教育，通常都是由班级中身体早熟一步的大个子少年进行的。不过，像头领这种高材生的做法可就另当别论了。他主张：他们的生殖器是为了与银河系的宇宙进行性交而准备的；他们那几根日渐粗硬、颜色变深、把蓝色毛根盘扎在白色肌肤深处的阴毛，也是为了在强奸时挑逗夜空中羞怯的群星而生长出来的……他们为头领神圣的妄语而神魂颠倒，对那些年龄相仿、对性充满好奇心、愚蠢不洁而且样态凄惨的少年嗤之以鼻。

“吃完饭以后，”头领说，“到我家来吧，和往常一样已经准备妥当了。”

“有猫吗？”

“马上去找。一切从现在开始。”

头领的家就在登家附近，回到那儿必须再次乘坐电车，可他们却喜欢毫无意义且又麻烦的远足。

头领的双亲经常外出，无论什么时候去玩，家里都是空荡荡的。头领的确是一个孤独的少年，十三岁即已读罄家中所有的书籍，每天百无聊赖。他说，不论什么书籍，只要他看一眼封面，就知道里面的内容。

他那针对世界的压倒性空虚所进行的考察，也含有受到这个空荡荡家宅影响的因素。这个家到处都可以自由进出，所有的房间都被冷冰冰地拾掇整齐，实属罕见。说句实话，在这所宅子里，登就连独自去厕所都有些害怕。汽笛声从这所宅子空旷的房间里，虚空地传向另一个房间。

头领曾经把伙伴们领到他父亲的书房里，面对漂亮的成套摩洛哥皮革文具，煞有介事地把笔放在墨水瓶中上下往复，在一页又一页缀有缩写首字母的铜版便笺纸上写下各种议题并分发给大家。那些写坏了的厚厚的西洋信纸，则被头领毫不吝惜地揉作一团，扔进废纸篓里。

“你这样干，不会挨骂吗？”

登曾这样问过，得到的是无言的冷笑。

——不过，他们喜欢上了后院那个约十七平方米大小的大仓房。那里可以避开用人的耳目。除了一个堆满木工工具、旧酒瓶、过期的外国杂志以及没用的家具等物件的隔板架子外，剩下的就只有两三块旧木料横卧在土地地面上。那土地房间里阴暗潮湿，泥土的寒气直袭他们的臀部。

捕猫花费了一个小时的时间，最后，他们发现了一只被遗弃的小猫。这是一只毛色黄褐、眸子暗淡、巴掌大小、叫声羸弱的仔猫。

少年们早已汗流浃背，于是赤裸着身体，在仓房一隅的冲浴处轮流淋浴。其间，大家轮班看管小猫。登湿润的裸胸清晰地感受到了仔猫心脏温和的鼓动，就好像是盗取了室外酷暑日光中郁暗的精髓以及为那奔放的欢喜而喘息着的精髓。

“怎样杀死它？”

“那里有木料，把它掷在上面摔死就行了。这很简单。三号，你来干！”头领命令着。

这是考验登那颗坚实的、比北极还要寒冷的心的机会。虽然刚刚冲过澡，可他现在又冒出了汗水。他感到，杀机正如同黎明的海风一般掠过自己的胸膛。他觉得自己的胸部就像是一个晾满了白衬衫的、空旷的钢筋晾晒场。衬衣正在迎风曳动。按理说，此时他已经开了杀戒，斩断了那条与世间令人厌恶的“禁止”无边无际紧紧相连的锁链。

登揪住猫的脖颈站了起来。猫一声不响，松弛无力地从他的指间耷拉下来。

他在检查自己的内心是否生出了怜悯。令其欣慰的是，那怜悯只是在远方一闪即逝，就像透过快车的车窗看见的一户人家窗玻璃的光亮，倏然一闪便飞逝无踪。

头领一直主张，为了填充世界的空洞，这种行为必不可少。用其他任何东西都无法填满的空洞，只有通过杀戮，才能充填完美，正如镜子被满面的龟裂所充填一样，他们对存在握有实权。

登毅然决然地扬起仔猫，对准木料摔去。一直夹在指间的那个温暖、柔软的物体划破空气向前飞去的景象颇为壮观，然而指间却依然残留着些微绒毛的触感。

“还没死！再来一次！”

头领说。五个少年赤裸着身体伫立在微暗仓房的不同位置，凝视的眸子闪闪放光。

登再次抓在手里的东西已经不是猫了。辉煌的力量甚至溢满他的指间。此次，他捕捉到了自己力量所描绘出来的明快轨迹，只是一个劲儿地把仔猫往木料上摔打。他觉得自己似乎已经成为一个了不起的男子汉。在进行第二次摔打时，仔猫只是发出了一次短促、混浊的叫声——它从木料上反弹回来，在泥土地上用后肢缓缓划出一个硕大的圆圈后便安静下来。滴落在木料上的点点血迹，令少年们产生了幸福感。

登以窥视深井一般的神态，凝视着猫的尸体正在沉落下去的那个小小的死亡之穴。登的脸与猫紧贴，他感受到了自己威风凛凛勇气十足的温存，几乎可以称之为亲切的冷静的温存。黑红的血液从黄褐色仔猫的口腔和鼻孔流淌出来，痉挛的舌头紧贴着上颌。

“喂！都过来！这回该我了！”

头领不知何时戴上了橡胶手套。只见他手握剪刀，朝着猫的尸体弯下身去。这是一把漂亮的剪刀，冷冰冰地闪烁着智慧和威严的剪刀。它在堆积着家具和旧杂志的仓房的微暗中寒光闪烁。登觉得再也没有比它更适合头领的凶器了。

头领用一只手揪住猫的脑袋，把剪刀的刃尖对准它的胸部，轻柔地剪至喉咙部位，再用双手将皮向两侧撕开。犹如剥了皮的竹笋般光润洁白的内部随即显露出来。就像是一个光秃秃的优雅头颅戴着猫的假面具一般横卧在那里。

猫只是表象。这个生命只是拿猫做了外形而已。

内部……这个滑润而又毫无表情的内部与登等人并无二致，可是，当他们面对着这个白色、光润、安静的内皮的存在时，却只是觉得恍如临水之舟一般，感受到了自己漆黑、驳杂、仍然存活着的内部在上面投下了影子。到了这个分儿上，他们才开始与猫，正确地说，与曾经是猫的东西紧密相连起来。

猫内皮上渐次显现出来的色彩如半透明的珍珠母岩般绚丽，毫无令人望而生厌之感。肋骨清晰可见。甚至在大网膜下，家庭般温和蠕动的肠子也清晰地映入眼帘。

“怎么样？裸露过度了吧，怎么可以如此裸露无遗呢？简直就是无礼至极嘛！”

头领一面用橡胶手套把胴体的皮向左右扒开，一面说道。

“太露骨了吧！”

二号随声附和着。

眼前看到的这个东西，以如此裸露的姿态与世界相连接。登拿它与昨夜见到的那个男人和妈妈登峰造极的裸姿进行了比较。不过，相比之下，二人并没有完全裸露，还被皮肤包裹着。此外，那美妙的汽笛声，随着汽笛声扩散而描绘出来的广阔世界，也并未浸透得如此深邃……被剥了皮的猫，通过自己通透可见的内脏的鼓动，理应更加辛辣地与世界的核心直接连在了一起。

眼下，这里正在展开什么？在愈益强烈的异臭中，登将手帕卷作一团堵住了鼻孔。他一边在口中呼着灼热的气息，一边如是思考着。

几乎没有出血。当头领用剪刀剪开薄膜后，一颗硕大的黑红色肝脏映入眼帘。接着，他又拆解并抽出白净的小肠。热气环绕着橡胶手套袅袅升腾。他把肠子剪成圆片，从中挤出柠檬色液汁给大家观看。

“这一刀下去的感觉就像是在剪法兰绒！”

登无比认真地凝望着，朦胧的幻想亦同时涌入脑际。猫死去后的瞳孔呈青紫色，上面浮现出些许白斑；口腔内淤满了凝血；犬齿间露出僵硬的舌头。

登耳边传来被脂肪染黄了的剪刀相继剪断肋骨时发出的嘎吱声响。头领在腔内摸索着，拽出小小的心囊，从中揪下可爱的椭圆形心脏，并仔细端详着被挤出的些许残血。血液顺着戴有橡胶手套的手指迅速流淌下来。

这里发生的，到底是怎么一回事？登虽然自始至终彻底忍受了目睹的一切，可是在他那半梦半醒的意识里，那凌乱内脏的温热，那腹腔内的淤血，在业已丧失了猫的意识的巨大而沉闷的灵魂的陶醉过程中，幻化出了一个又一个完整的物象——正然垂挂在体侧的肝脏变成了柔和的半岛；挤碎了的心脏幻化为小小的太阳；被拉扯出来、勾勒出松弛圆圈的小肠则形似白色的环礁；腹腔里的积血则变为热带温热的海洋。此时，猫因为死亡而形成了一个完整的世界。

“是我杀死的！”朦胧中登梦到一只手正远远地向自己颁发洁白的奖状，“无论何等残酷的事，我都干得出来！”

头领嘎吱嘎吱地褪下手套，把白净的手搭在登的肩头。

“干得漂亮！这下你总算够得上一个合格的人了！……一见到血，你是不是立刻觉得神清气爽啊？”

## 六

埋掉猫后，大家刚从头领家出来就迎头撞上了龙二，这可不妙。登不由得惴惴不安起来——虽说手已经仔细洗过，可身上的衣服和身体的某处会不会沾上血迹？腥臭味是否已经挥发干净？自己的眸子里会不会显露出刚作完案就遇上熟人时的罪犯的眼神？

别的不说，如果龙二把自己在这个时刻出现在这条小路上的事告诉妈妈，那可就糟了。因为按理说，自己早该和别的朋友去了镰仓。

登由惊慌失措转为迁怒于人。他认为一切都怨龙二。

伙伴们仓促打过招呼后，遂作鸟兽散。炙热的马路上既无汽车的形迹，也无行人的踪影，只剩下龙二和登拖曳着下午四时漫长的身影。

登羞愧得无地自容。他本想瞅准机会把龙二慢慢介绍给头领。在完美的情况下，倘若这一介绍成功，头领则会勉强承认龙二是个英雄，登也会跟着露脸。

本来盘算得很好，却不料发生了如此不幸的偶遇。二副身穿湿漉漉的短袖衬衫，一副可怜兮兮的模样，而且还对登露出了一脸多余的谄笑。这笑是完全没有必要的。这不仅仅是把登藐视成了小孩子，而且也使龙二自身变成了一幅丢人的漫画——他把自己变成了一个“喜欢小孩子的大人”。他那针对小孩子的过于明朗的夸张笑靥是完全没有必要的。是一种毫无道理的谬误。

而且，龙二还说出了不该说的话。

“呀，真是巧遇呀。泳游得怎么样啊？”

此外，当登以盘问的语气反问龙二的湿衬衫时，他本该这样回答：

“啊，你是说这个吗？方才救了一位从码头上跳水自杀的女人。穿着衣服游泳，这已经是第三次了。”

然而龙二并没这么说，他说了一件世上最愚蠢的事。

“方才在那座公园里淋了一会儿喷水。”

甚至还一边说一边露出了多余的笑靥。登从容镇定地在心中自忖：

“这个男人是想让我喜欢他。他是想博得新欢女人的儿子——一个小毛孩子的好感。这倒可以好好利用一下。”

——两人无意识地向家的方向走去。还有两个小时闲暇的龙二，怀着觅到了消遣对象的心情，随着少年的脚步行走着。

“两个人都怪怪的嘛！”

龙二边走边说。登讨厌这种敏感的关切，但因此反倒就势说出了自己的担心。

“你不要告诉妈妈在那条路上碰见了我，好吗？”

“噢！”

因为有人拜托他守住这个秘密，龙二的心境由阴转晴，立即以一副似乎值得信赖的笑脸应承下来。这种作法也令登对他不再感冒。莫如说，他更希望见到龙二恫吓自己的样子。

“我应该是从海边回来的。你稍等一会儿！”

登向路旁修路工程用的沙堆飞跑过去，脱下运动鞋，把沙子撒在裸足和小腿上。龙二第一次领略到这位装模作样、假作正经的少年那动物般的敏捷。登意识到了对方注视自己的目光，便越发夸张地把沙子撩到膝盖上。他轻轻地穿上运动鞋，以避免沙子脱落。

“瞧！沙子黏附的形状好像云形规呀！”

他露出汗津津的大腿，静静地迈开脚步。

“去哪儿？”

“回家呀。冢崎先生不和我一起去吗？客厅里有空调，凉快得很呢！”

——他们打开了门窗紧闭的客厅里的空调。龙二在缀有大花冠的藤椅上深深地躺了下去。登被保姆命令洗脚。他故意磨磨蹭蹭地洗了脚，然后也在窗边的藤椅上躺了下来。

于是，他被端来冷饮的保姆呵斥道：

“在客人面前这样不懂礼貌，看我不告诉你妈！”

登向龙二投去求救的目光。

“算了吧。今天去游泳，大概累了。”

“是吗？不过，也太……”

保姆像是把对龙二的反感全都撒在了登的身上。说完，她便左右摆动着沉重、愤懑的臀部，慢吞吞地走了出去。龙二的这份辩解，使他与登之间产生了默契。登粗鲁地把黄色的果汁灌进喉咙里，任凭果汁洒落。接着，他第一次用眼神向龙二投去笑意。

“船上的事情，没我不知道的。”

“连专家也比不上你呀。”

“我讨厌奉承话！”

一瞬间，少年从妈妈的罗纱刺绣软靠垫上抬起头来，目光粗野。

“冢崎先生几点值班？”

“白天和夜晚都是十二点到四点。二副啊，被人家唤作‘小偷值班’。”

“小偷值班？有意思！”

少年笑了起来，身体弯成了弓形。

“几个人值班呢？”

“一个当班高级船员，还有两个舵手。”

“暴风雨时，轮船会倾斜到什么程度？”

“严重时会倾斜到三十至四十度左右吧。四十度的斜坡，你爬爬看，就跟攀登墙壁似的，好可怕哟！那种时刻啊，总之……”

龙二在搜索枯肠，把目光投向远方。登在他的目光里看到了大洋上方暴风骤雨的波浪，接着体内便产生了轻微晕船的感觉。一阵恍惚。

“冢崎先生的船是不定期船吧？”

“啊！”

龙二的自尊心受到了些许伤害，便用无可奈何的语调答道。

“跑过三国间运输吗？”

“你怎么什么都知道呀！曾从澳大利亚把小麦运往英国。”

登的提问急剧变化着，关心的问题接踵而出。

“我问你呀，菲律宾的大宗货物是什么来着？”

“是柳安吧。”

“马来亚呢？”

“应该是铁矿石啦。那么，你知道古巴的大宗货物是什么吗？”

“知道啊！当然是砂糖喽！别小看人嘛……我说冢崎先生，你可去过西印度群岛？”

“去过，不过只有一次。”

“去过海地吗？”

“是的！”

“真棒！都有哪些树？”

“树？”

“就是树啊。像什么林荫树之类……”

“啊，那类树吗？首先就是椰树喽！此外山上还有漫山遍野的火焰树，再就是合欢树。我记不大清了——火焰树是不是像合欢树来着。总之，花儿与火焰一模一样。傍晚的雷阵雨就要袭来时，天空黑沉沉的，这时那种火焰简直酷极了。我从未见过那样的花。”

他想要述说一下自己对孔雀椰林那缘由不明的眷恋之情，可由于找不到针对孩子的述说方式而缄默无语。于是，心中反而唤起了涉及航海的种种现象和海洋那时刻影响情绪的噩梦般的力量——波斯湾世界末日般的火烧云；伫立在吊锚杆旁时抚弄着面颊的海软风；通报台风即将来临时，晴雨表上示值范围令人心焦的下降……

就像刚才从龙二的眼中清晰地看到了暴风雨波浪一样，这一次，登又从龙二的眸子里，读解出了其内心世界依次唤起的幻影。

登觉得，自己已被未知风土的幻境和涂抹上白漆的航海术语所包围，似乎就要与龙二一起被运往遥远的墨西哥湾、印度洋或波斯湾。一切都拜眼前这位货真价实、实实在在的二副所赐。在登的空想世界里，这种货真价实的媒介无论如何都不可或缺。这恰恰是他期盼已久的。

幸福之余，登安详地闭上了双眼。

“这小子困了。”

龙二刚想到这儿，少年就睁开了眼睛。他再一次确认了这位近在咫尺的如假包换的二副的存在，不由得一阵狂喜。

两马力的制冷设备发出清幽的声响工作着，房间彻底凉爽下来。龙二的衬衫早已晾干。他把粗壮的手臂枕在脑后，手指触摸着小小藤艺制品上冰凉起伏的雕纹。

就在刚才登稍稍闭上眼睛的那一瞬间里，这位二副已经从登梦幻中的那个货真价实的实体里游离出来。他的眼睛正在环视微暗凉爽的室内——规规矩矩端坐在壁炉台上的金色座钟、从高高的天花板上垂挂下来的用雕花玻璃制成的枝形吊灯、竖立在展示柜中看上去令人担心的高脚玉瓶等。他不可思议地端详着纤细而纹丝不动的所有一切。这个房间没有晃动，依据的是何等微妙的自然法则呀！直到昨天，这些物品还与自己无缘，而明天自己却又要远离它们。他觉得，把自己与这些物品连接在一起的，全在乎女人那瞬间的秋波以及从其肉体深处释放的一个信号。总之，是他的男性魅力所致。这就宛如在海上遇见的一艘陌生的船只，使他产生了一种神秘的心境。于是，他对催生出这种状况的自身肉体存在于这个场所的异常非现实性感到战栗。

“我在夏季的某个下午坐在这里，这究竟是怎么回事？与昨夜刚刚揽入怀中的女人的儿子精神恍惚地坐在这里，我到底是何许人也？直到昨天为止，我的现实性还被‘我生来就是大海的男人……’那首歌，为那首歌飘洒的泪水以及两百万元的存折坚实地呵护着，然而……”

自不待言，登丝毫没有察觉到，龙二业已沉浸在如此这般的空虚境界中，他甚至没有注意到龙二不再把目光投向自己。

由于昨夜的睡眠不足和接踵而至的精神打击，登已经精疲力竭。他竭力睁开赤红的双眼，向保姆解释着“这都是大海所赐”，但力气也逐渐衰弱下来。他一边陷入到连同身体也一并摇曳起来的睡眠状态中，一边因为那不可摆脱的寂寥，利用着不乇世界的些微余暇，在心中再三回味着从昨夜开始多次闪现出身姿的、光芒四射的绝对现实。

那是若干令精美的纯金刺绣从黑暗中的平坦织物上凸显出来的东西……那就是转过月光映照下的肩头、向汽笛声处扭过身躯的赤身裸体的二副……仔猫死后龇牙咧嘴、一本正经的面孔和那颗赤红的心脏……诸如此类灿烂夺目的实体。它们都是纯粹的真货……那么，龙二也就是货真价实的英雄了！这一切都发生在大洋抑或大海的内部……他觉得自己正在陷入到深沉的睡眠中去。幸福！难以言喻的幸福！登想……

——少年陷入了梦乡。

龙二看了看表，觉得该是自己出去的时候了，便轻轻叩了叩厨房门，招呼保姆道：

“孩子睡着了。”

“他总是那样。”

“睡着会着凉吧，有没有毛毯什么的……”

“有的，我马上就给他盖上。”

“那我走了！”

“晚上还要来吧？”

原本在外国人家帮佣的保姆从厚厚的眼睑下挤出一丝笑容，抬头瞥了龙二一眼。

# 七

房子无论如何都不想说出那句话。那句无论是否出于真心，亘古以来女人对跑船的人反复说出的话；那句完全认可地平线的权威、盲目崇拜那条不可思议的蓝色线条的话；那句给予了无论多么矜持和高贵的女人以娼妇般的寂寥、徒劳无益的期盼和自由的话。那句话就是：

“明天就要分别了，是吗？”

另一方面，房子知道龙二希望她说出那句话来。她还知道，他正在打赌：把男人单纯的高傲赌在了感叹离别的女人的泪水上。她想，尽管如此，龙二也还是一个极其单纯的男人呦。通过昨晚在公园里的会话她就看出了这一点。他那忧郁的表情不禁使人想象，他会道出何等深思熟虑的思想或是罗曼蒂克的热情。然而他却突然主动讲起了船上厨房里的青菜叶子以及自己的身世之类。他绕来绕去，最后居然唱起了流行歌曲。

但是，房子喜欢龙二所拥有的安全特性——他那质朴的心灵不为梦境和幻想所左右。如同构造结实的旧家具，耐久力大于想象力。长期以来，房子自重自爱，避开一切所谓危险的危险，才走到了今天。然而从昨夜起，她为自己出乎意料的危险举止而瞠目。她期盼着尽可能地从对方获得安全性保证。对于如此思忖的房子来说，就算有些刻意，也还是有必要夸张地考虑一下对方的质朴。她已经看出，龙二至少不是那种会在经济上给她增添麻烦的男人。

——在去马车道吃铁扒牛排的途中，他们发现了一家小小的新餐厅，前院设有喷泉，黄红小灯泡与入口处的篷子相连。两人走进餐厅喝起餐前酒来。

也不知店主是怎么想的，在房子要的趣味冰沙中插了一颗带梗的樱桃。房子灵巧地用牙齿捋着吃下果肉，把带梗的浅红色果核放进浅浅的玻璃烟灰缸内。

覆盖着前院喷泉的晚霞残晖，透过宽大窗帘的花边，朦胧地渗进顾客稀疏的店内。或许是因为这瑰丽而朦胧的光线的缘故，从房子口中吐出的樱桃果核显得既滑润又温热，并隐隐开始风干。那无法言喻的浅红色……极具煽情效果地映现在龙二的眼中。

龙二突然伸出手去，把果核送入口中。房子惊诧地叫出声来，但随即笑逐颜开。她在肉体上还从未感受过如此安逸的瞬间。

两人把餐后的散步选择在行人稀少的常盘町附近。他们成了夏夜消魂般温存的俘虏，默默地牵手漫步。房子用空着的那只手，轻轻抚弄了一下今天上午抽空跑到美容院掐着钟点梳理了大约二十分钟的头发。

“不要抹油！”

听了这话，美容师露出了诧异的神色，因为房子平素总是要多少抹上一些发油。想到这儿，房子不禁双颊飞红。在夏夜街头的馨香中，房子的身体和头发似乎马上就要瘫软下来。

与房子五指相扣的男人那粗壮的手指，明天就要沉没在地平线的彼端。在房子看来，这件事就像是宏伟而又愚蠢的谎言，实在令人难以置信。

“因为你，我堕落了呀！”

来到已经打烊的园艺公司的铁丝网处时，房子突然说道。

“为什么呢？”

龙二惊诧地停住了脚步。

房子向铁丝网内望去，里面已经熄灯，景色一片昏暗。只见院内种满了展销用的热带树、灌木和蔷薇。茂密深幽的枝叶互相做作地交错在一起——在这种令人感到悚惧的张望过程中，房子仿佛突然自然而然地窥望到了自己的内心世界。

“为什么呢？”

龙二再次问道。不过房子没有回答。她本来早就在这块土地上扎扎实实地撑起了门户，并一直生活到今天。如今却与将要被男人撇留在这里的码头上的女人无异。她想就强加到自己头上的生活方式发发牢骚。可是，这种诉说离危险的境地只有一步之遥，与说出“明天就要分别了，是吗”并无二致。

——再说龙二，船上的孤独生活，使他养成了对自己不晓得的事不去刻意追问的习惯。说到底，那不过是女人每每流露出来的一种抱怨而已。因此，在他问第二次“为什么呢”的话语中，已经掺杂进嘲讽的语气。

越是觉得明天与女人的别离是一桩痛苦的事，与这一情绪相通的根源就越是唤醒他经常梦幻着的叠句：

“男儿赴大义，女子守家园！”

这是一句空洞的叠句。然而龙二比任何人都清楚，在远航的前方根本就没有什么大义。有的只是夜以继日的值班、单调至极的生活、散文一般的无聊以及凄惨的囚禁之身。

还有那无数的告警电报：

“最近，在伊良湖水道南端和来岛海峡入口处附近，相继发生了公司船只的撞船事故。希望对狭窄航道和海港入口一带的航行格外加以注意。鉴于本公司现状，恳请大家更加努力，以期杜绝海难的发生。海务部长。”

自从所谓的海运萧条以来，这类冗长的电文中便毫无例外地写有“鉴于本公司现状”这一口头禅。

日复一日地记录天气、风向、风力、气压、海面、温度、相对湿度、测程器所显示的读数、速度、航程、还有转数的舵手日记。那日记上没有记录人员的内心，代之精确记载的，是大海那颗每天变化无常的心。

货轮餐室里的汲水偶人；五个圆形舷窗；舱壁上的世界地图。有时，日光透过舷窗，圆圆地逼近从天棚垂挂下来的装有调味汁的瓶子，俄顷又匆匆远去；或者，在几乎就要舔舐到那摇曳着的深褐色液体时，旋即迅速离开。

酱汤，茄子豆腐

萝卜干

纳豆，青葱，芥末

这是早餐菜单，它和从浓汤开始的西式午餐菜单醒目地张贴在舱壁上。

此外，在杂沓纷乱的管道中间，发动机室内被涂成绿色的发动机总是像个垂危的热病患者一样，战栗着发出呻吟声。

……从明天起，这些玩意儿就将再度成为龙二的全部。

——当时他与房子说话的地方，恰好就在园艺公司铁丝网墙边的小便门处。龙二的肩膀稍微碰了一下那扇纱门。于是，那扇没有上锁的门便向内侧轻柔地敞开了。

“哎呀！能够进去的！”

房子像个孩子似的瞪着眼睛说道。两人一面偷看着值班小屋内亮着灯火的窗子一隅，一面钻进繁茂得无处下脚的人工丛林庭院。

他们手拉着手，避开蔷薇的棘刺，留神脚下的花卉，穿过一人高的林丛，寻到了一个栽有繁茂的丝兰、芭蕉、棕榈、加纳利椰树和海枣等椰树类或橡树类热带植物的角落。

在那里看到的身穿白色套装的房子，使龙二产生了在热带风物中初次邂逅这个女人的感觉。为避免尖尖的叶片扎到眼睛上，两人小心翼翼且巧妙地紧紧相依相偎。在蚊虫的低吟中，房子的香水气味正在四处飘逸。龙二难免不生出烦恼，因为这里是一个引发时间和场所错觉的世界。

而在仅有一道铁丝网之隔的园外，几个小小的红色霓虹灯正像金鱼一般摇曳着。汽车的前灯时不时就会将这片密林的黑影扫倒在地。

斜对面洋酒店的红色霓虹灯时亮时灭，映现到棕榈树叶影下女人的面庞上。白皙的面孔被隐约染成了红色，朱唇则被映照成淡淡的黑色。龙二拥抱着房子，久久地亲吻着。

两人全都沉陷在各自的感觉中。房子通过这种接吻，只是真切地感受到了明天的别离。她抚摸着男人的面颊，触摸着对方剃刮过的温热而带有梨皮斑点的皮肤，嗅着男人粗犷胸部散发出来的体味。她觉得自己正在发自肺腑地向男人身体的每个角落进行告别。她清楚地知道，龙二那极为有力和鲁莽的拥抱方式，是想证实自己的存在。

对龙二来说，这种接吻便意味着死亡。是他过去思考过的恋爱中的那个死亡。女人的唇湿润得难以言喻，即使闭上眼睛，在黑暗中也能感受到女人那红色口腔内无限湿润的舌，它宛如一片略带暖意的珊瑚礁海水，微微摇曳犹如海藻一般……在这一切所赐予的郁暗的恍惚中，有一个东西与正下方的死亡紧密相连。早就知道明天将要别离。现在，为了这个女人即便去死他也在所不辞。死亡正在他的心底向他献媚。

——就在这时，从新港码头方向远远地传来了隐隐可闻的汽笛声。那汽笛声向四周溢散开去。倘若他不是一名船员，那恍若暧昧含糊的雾霭般飘散开来的汽笛声无疑不会进入他的耳畔。

“这个时候会有货船出港吗？会是哪家公司的船卸货完毕了呢？”

接吻正酣之际，这种想法令他倏然醒来。他认为那汽笛声正在唤醒他体内尚无人通晓的“大义”。何谓大义？或许那只是热带太阳的别名。

龙二离开房子的口唇，慢腾腾地在口袋中掏摸着。房子在等他。从他的口袋里，传出了纸的粗疏声响。他取出一根有些歪斜的烟叼在嘴上，把打火机拿到手中。房子气恼地夺过打火机。龙二将弯曲的新生牌纸烟向房子跟前凑去。

“我才不给你点烟呢！”房子说。

接着，伴随着轻微的金属声响，燃起的火苗照亮了凝滞不动的眸子。房子将火苗朝身边棕榈树枯萎了的花萼烧去。火焰似乎就要烧到花萼上，但却始终不能点燃。龙二对房子那入神的动作感到恐惧。

这时，借着打火机的火苗，龙二在房子的面颊上看到了一行正在流淌着的泪水。当房子意识到龙二发现了这些以后，便熄灭了打火机的火苗。龙二再次紧紧地抱住了女人。在弄清女人的眼泪后，龙二放下心来。他，也潸然泪下。

登焦躁不安地等待着妈妈的归来。十点钟左右，响起了电话铃声。片刻以后，保姆来到他的房间对他说道：

“你妈妈说，今天夜里她在别处住宿。好像说是明天早晨先回来一趟，换了衣服后再去店里。所以，今天晚上你要一个人学习呦。暑假的作业还没做完吧？”

自打他懂事以来，妈妈还从未有过独自一人在外过夜的先例。对于这种变化本身，登并不感到意外，但还是因为不安和愤怒而满面通红。他本来一直期待着今天夜里也能从抽屉深处的窥孔看到给他带来某种奇迹的启示。

因为睡了午觉，少年毫无倦意。

几天后新学期就要开始，可桌上尚未做完的课外作业却堆如小山。待明天龙二出航以后，妈妈多少能帮自己一把吧？抑或一连几天她还是恍恍惚惚，脑袋里仍然顾不上自己的家庭作业呢？可话又说回来了，即使妈妈帮助自己，能借上她力的，也只有国语、英语和手工课之类。社会课还是不靠谱；至于理科或数学，则根本没有指望。数学那么差，怎么能把商店开下去呢？该不会全是听凭涩谷经理的摆布吧？

无论怎样翻弄参考书，也总是心不在焉。妈妈和龙二今夜不在这里的确凿事实反倒使登苦恼不堪。

他感到坐立不安，终于在窄小的房间里转圈踱起步来。怎样才能入睡呢？要不就到妈妈的卧室里去观看夜晚轮船上的桅灯吧？也许某艘船上的红色桅灯正在连续不断地彻夜闪烁着。或许像昨夜那样，此时还有轮船出港，并响起刺耳的汽笛声。

就在这时，登听见妈妈的房间响起了开门声。说不定是妈妈在蒙骗自己，与龙二又回来了呢。他急忙像往常那样悄无声息地抽出大抽屉，把它抱放在床上。仅仅这一个举动，就已经使他大汗淋漓。

就在这时，登听见自己的房门响起了敲门声。他急忙跑向门边。无论如何也不能在这个时刻让人见到这个出于某种目的才被抽出的抽屉。于是，他竭尽全力顶住了房门。球形门把手发出卑俗的声响，空转了两三次。

“怎么？不能进去吗？”

传来的却是保姆的声音。

“怎么啦？唉，算了。那就关灯早点歇息吧，说话都快十一点了。”

登用身体抵住房门，顽固地沉默着。

于是，意外的事情发生了。就在登刚觉得钥匙插进钥匙孔时，钥匙孔已被粗暴地旋转起来。门被反锁上了。登这才知道，保姆手里也有一把同样的钥匙。他一直以为妈妈把所有的钥匙全都带走了呢。

极度的愤怒使他的额头沁满了汗珠，他铆足了劲儿扭动着球形门把手，然而房门已被锁死。保姆的拖鞋，咯咯吱吱地踩着台阶渐渐远去。

登的另一个热切愿望，就是利用这个千载难逢的机会从家中溜出去，跑到头领家的窗外，用暗语唤起他。如今，这个愿望也打了水漂。他憎恨着世界上所有的人。接着，他写下一篇长长的日记，并且没有忘记写上龙二的罪状。

冢崎龙二的罪状：

第一条　白天相遇时，他冲我露出了奉迎的卑俗笑脸。

第二条　穿着湿漉漉的衬衣，像个流浪汉似的辩解说他在公园淋了喷水。

第三条　擅自与妈妈在外面过夜，使我陷于极为孤立的境地。

可是一转念，他又单单删去了第三条。第三条的判定明显与第一、二两条那完美而理想的，以及因而导致的客观的价值判定相互矛盾。仔细想来，诸如第三条那种主观性问题，只能成为登本身不成熟的证据，而决不可能成为龙二的罪状。

恼怒之余，登把牙膏像小山一般涂抹在牙刷上，然后伸进口腔内搅弄得齿龈几乎流血。参差不齐的牙齿被淡绿色的细小泡沫包裹着，只露出儿童特有的犬牙那白光闪烁的牙尖。登在镜子里看着这一切。他感到了绝望。薄荷的清香使他的愤怒愈加纯净。

登飞快地脱下衬衣扔在那里，换上西式睡衣。他环视了一下四周。成为证据的抽屉还没有收拾。

他捧起同先前比大为沉重了的抽屉，可一转念又把它放回到床上，以娴熟的动作敏捷地钻进抽屉空当内。

莫非那个窥孔已经被堵上了？登一阵悚然。窥孔看不到了！可是当他用手去触摸时，便知道窥孔确实还在原来的老地方，只是彼侧房间里没有明显可见的光亮而已。

登一动不动地把眼睛贴在那窥孔上。他明白了，方才保姆之所以把妈妈卧室的门打开，是为了进屋认真地把遮光窗帘彻底垂放下来。他久久地凝望着，新奥尔良风格床的黄铜渐渐显现出了微弱的轮廓。然而，那只不过是一种宛如极其微弱的霉斑发出的光亮而已。

整个房间就仿佛是一口巨大的棺柩，幽暗，漆黑，充斥着白昼的残余热气。到处都是或浓或淡的黑暗，簇拥着登见所未见的、这个世上最为乌黑之物的微粒子。

# 八

昨天夜里，二人在山下桥旁那家陈旧的小旅馆里过了一夜。在横滨颇有名气的房子，对在大宾馆过夜心存顾忌。她曾无数次从那家旅馆门前经过。落满尘埃的树丛环绕四周的那座二层楼建筑毫无风趣。区政府似的正门。透过入口处的透明玻璃，便可窥见煞风景的服务台。服务台的墙壁上，张贴着轮船公司的大日历。房子从未想过有朝一日自己会在这家旅馆里过夜。

早上两人稍稍眯了一会儿，之后便暂且分开，直到轮船出港。房子回家换了装束后就来到店里；龙二则必须替代外出购物的大副，在出港以前监督货物的装卸。维修并管理货物装卸过程中至关重要的绳缆，原本就在他的责任范围之内。

出港定于下午六时。由于停泊期间没有下雨，货物的装卸一如预定的四昼夜按期完成。出航的“洛阳”号将驶往巴西桑托斯，开始一场完全听从货主号令、变化无常的旅行。

房子下午三点提前离开了店铺。考虑到龙二将在一段时间内看不到日本女人的和服，为此她特地穿上了绉绸单和服，带着银质长柄遮阳伞，领着登乘车离开了家门。路上冷冷清清，四点十五分稍过，车子已经驶抵码头。

用黑瓷砖镶嵌出“市营三号”字样的码头库房周围，仍然停留着几台吊车和卡车。“洛阳”号上的人字起重机还在晃晃悠悠地移动着。在龙二工作结束下船之前的这段时间里，房子想待在装有空调的汽车里等候。

然而登却是闲不住的。他跳下车子，一面走一面探望着充满活力的高岛码头上拥挤的驳船和仓库的里里外外。

在码头库房内交错而立的肮脏的绿色钢架下，崭新的白色木箱堆积如山，上面印有英文字体，各个箱角上还嵌有黑色铁箍。如同顺着熟悉的河流寻到了源头一般，孩子们对铁道所寄予的梦幻目标就展现在登的眼前。看到铁路支线消失在那堆积如山的货物中，登感受到了一种自己站在某一梦幻终点时的喜悦，但同时也体味到了一抹淡淡的失望。

“妈妈！妈妈！”

他向汽车跑去，猛烈地敲打着车窗玻璃。因为他认出了伫立在“洛阳”号船首起锚机旁龙二的身影。

房子执伞下车，站在登的身边，向高处的龙二挥手。龙二穿着肮脏的汗衫，斜扣船员帽，举起手来回应着二人，接着便匆匆不见了身影。龙二如此这般地工作，以及很快就要出发的情景使登感受到难以言喻的自豪。

为了等候龙二的再度出现，房子也撑开遮阳伞站到了车外，眺望着把“洛阳”号与码头连接在一起的三根系船用粗索，它清晰地把港口景致大略划分开来。恰似海风中的盐分一般带有某种强烈的、火辣辣感觉的悲哀，侵蚀着烈焰似的夕阳映照下的种种过于明亮的风景。正是由于清澄的空气中融入了同样的悲哀力量，才给不时响起的敲打铁板声以及抛出钢索的声音留下了长久而虚无的余韵。

混凝土地面的折射，使本来无处逃匿的酷暑更加聚集在一起，刮来的些微海风不过是杯水车薪而已。

母子俩蹲在港湾的尽头，背朝酷烈的夕阳，凝望着眼前的情景——海水冒着气泡，微波潋滟地涌向布满霉斑一样白色斑点的铺石。舢板互相系锁在一起且扎堆泊靠。它们轻轻摇曳着，时而徐徐靠近，时而缓缓分离。海鸥掠过晾晒在船上的衣物飞翔着。漂浮在污浊海水上的无数个木块中，一根剥了树皮的原木闪闪放光，在涟漪中随波逐浪地打着旋旋儿。

倘若仔细凝望涌起的波浪，就会发现折射着日光的侧面与深蓝色的侧面正在隐隐替换，连续不断地描绘出极为相似的斜纹。所以，感觉上似乎只有那斜纹本身映入了眼帘。

登望着“洛阳”号船首的吃水标数字，不禁读出声来——那数字从离水面很近的六十逐渐攀升，吃水线夹在八十四和八十六之间，最后终于达到锚链孔附近的九十。

“难道水会升到那里去吗？这可麻烦了呀！”

登对妈妈此时的心境了如指掌。他再次觉得妈妈如痴如醉凝望大海的样子与镜前的那个孑然裸身颇为相似，于是便越发装出孩子的稚气模样，说出了上面的话。可是，妈妈并未回答他。

港域的对面，是飘逸着浅灰色烟雾的中区市街和耸立在那里的红白条纹相间的海塔。海面已被密密麻麻的白色桅杆所占据。远方，是在夕阳西照下翻卷着的烨烨发光的积云。

说话间，“洛阳”号对面的一艘驳船已经完成了装卸任务，在小汽艇的拖曳下渐渐远去。

——五点刚过，龙二走下了轮船。在他走下的舷梯上，已经安装上了准备把它悬吊起来的银色链条。

就在龙二下来之前，一大群戴着黄色安全帽的装卸工刚刚走下那架舷梯，乘着写有N港湾作业株式会社字样的客车踏上了归程。同时，停在轮船旁边的港湾局那辆八吨车吊也往回驶去。装卸已经结束。之后不久，就出现了龙二的身影。

房子和登追赶着长长的身影，向龙二跑去。龙二把手放在登的麦秸帽上向下摁去。帽子被压扁以后，帽檐便遮住了登的眼睛。望着苦苦挣扎的登，龙二笑了起来。劳动使他感受到了欢快。

“终于就要分别了。轮船出港时，我会待在船尾。”

他指着远处的船尾说。

“我是穿着和服来的，你在一段时间内应该是看不到和服了吧？”

“如果不算组团去美国旅游的那些日本大妈的话。”

两人没有说出什么令人意想不到的话。房子本想就自己今后毋庸置疑的孤独说点什么，却未能说出口来。如同被咬出牙印的苹果的白色果肉转瞬就会变色似的，分手早在三天前两人在这艘轮船上邂逅之际就已经开始。因此，这离别的情感之中委实没有任何新鲜的东西。

再说登。他一面装出孩童的稚气模样，一面睁大眼睛监视着此时此刻人物和情景的完美性。监视就是他的使命。所给予的时间越短越好。时间越短，完美性受到损害的程度也就越小。

眼下，龙二作为一个即将与女人告别并前往地球彼端旅行的男人，作为一个水手，作为一个二副，他的存在是完美的。妈妈也是如此。作为一个被撇留在这里的女人，作为一块毫无保留地孕育了愉快的回忆与别离的悲哀的美丽帆布，她也是一个完美的存在。在这两天的时间里，两人虽然演绎了种种危险的失误，不过目前的这个瞬间却是无可挑剔的。登眼下担心的是：龙二该不会再说出什么愚蠢的话吧。他从麦秸帽那深深的帽檐下，交替窥视着两人的面部。

龙二想和女人接吻，却又因顾忌登而作罢。他宛如一个行将就木的人，期冀着能和所有的人平等而和睦地相处。他觉得他人的感情和他人的回忆比自己的存在更为重要。在这种苦恼而甘美的自我放弃中，龙二期盼着自己的身影能够尽快消失。

再说房子。从今往后，自己就要成为一个苦苦期盼的女人了——她丝毫也不允许自己产生这样的念头。她贪婪地凝望着男人，试图寻觅出一种“如此足矣”的境界。男人看上去似乎是一个顽固的物体，他有轮廓，但绝对不会从这个轮廓中暴露出来。这使得房子焦躁不安。如果他是一个宛若雾霭般轮廓暧昧的东西，那该多好！倘若让记忆来消化这个无聊而又顽固的物体，他未免过于坚硬。譬如，他那过于鲜明的眉毛，他那过于健壮的肩头……

“记得给我写信啊。要贴上有趣的邮票哦。”

登对自己所扮演的角色已经颇有心得。

“啊，到了每个港口我都会给你寄信的。你也要给我写信呦。对于跑船的人来说，信是最大的快乐了。”

接着龙二便解释说，为了做好出航前的准备，他必须回去了。三人轮流握手后，龙二便登上了银色舷梯，并在最高处回过头来，挥舞着自己的帽子。

阳光徐徐斜映在仓库的屋顶上。西方的天际已被烈焰所覆盖。烈焰从正面照射着白色船桥，将船的吊杆柱和通风筒的蘑菇状投影鲜明地刻画在船桥上。登眺望着那些飞来舞去的海鸥。海鸥的翅膀看上去很阴暗，只有腹部在日光的照射下，显现出一抹鲜艳的蛋黄色光亮。

“洛阳”号周遭万籁俱寂。该离去的车辆早已离去，只有夕阳在随心所欲地膨胀着。不过，还可以看到擦拭着高高扶手的水手以及一个单眼戴着遮眼罩、拎着油漆桶、正在给一个窗框涂抹油漆的水手小小的身影。不知何时，船顶上已经升起出港旗，蓝色、白色和红色的信号旗也已斜着升向桅杆。

房子和登向船尾方向缓缓移动着脚步。

码头上的仓库全都放下了深绿色的百叶门。在仓库那又长又闷的墙壁上，可以看到偌大的禁烟标志和用粉笔胡乱写上的新加坡、香港、拉各斯等港口名。轮胎、废纸箱、排列整齐的货运车拖曳着长长的影子。

举目望去，船尾上还没出现人影。排水音淅沥作响。船腹上写着巨大的“小心螺旋桨”警告字样。像是毛纱质地的太阳旗正在随风飘舞，上面映上了近在咫尺的吊锚杆暗影。

六点差一刻，最初的汽笛声震耳欲聋地鸣起。听到汽笛声，登意识到前天夜晚的幻影是真实的。他意识到自己眼下正伫立在既是所有梦幻的终点也是起点的地方。就在这时，龙二的身影出现在太阳旗旁。

“你喊喊看！”

房子说。在汽笛声中断的同时，登扯开嗓门喊了起来，却又对自己那稚嫩的尖细嗓音恼恨不已。龙二低头冲他们轻轻地挥着手。由于距离太远，所以无法看清他的表情。紧接着，他便像前天夜晚朝月光下的汽笛声处冷峻地转过肩膀那样，向他执行任务的方向转过身躯，再也不看这边一眼。

房子蓦地向船首望去。舷梯已被吊起，轮船和陆地之间被完全截断。被分别涂成绿色和淡黄色的船腹，看上去就恍若自天陡降，劈进陆地中去的一柄令人瞠目的巨大斧子的断面。

烟囱吐出了烟雾。严重污染了浅蓝色碧空的那一大团浓烈的烟尘，呈现出纯粹的黑色。扬声器的声音回荡在甲板上。

“船首满舵三！准备起锚！”

“适当提锚！”

接着，汽笛又小声鸣叫起来。

“船首动作正常！”

“明白！”

“起锚！”

“明白！”

“起航！解开艏缆！解开舷缆！”

房子和登看到，被拖轮拖着的“洛阳”号，从船尾开始一点一点地离开了码头。码头和轮船之间那闪闪放光的宽阔水面，呈扇形逐渐扩展开来。两人的视线追赶着龙二。龙二伫立在逐渐远去的船尾船桥处，白色海员帽上的金丝缎子闪烁着光辉。不知不觉中轮船与码头几乎形成了直角。

随着角度在每个瞬间的变化，轮船显现出了非比寻常的复杂变幻。曾经占据了长长码头的硕长轮船，在被拖轮拖曳着船尾渐行渐远的同时，竟宛若屏风一般井然有序地渐次折叠起来。甲板上所有的建筑物在重复、紧密地挤压重叠。而且，所有的凹凸处都被精致地雕刻进夕阳的光辉，以一种中世纪城堡般的繁华之感耸立在那里。

然而，这种景观也只是转瞬即逝。为了使船首朝向大海方向，拖轮开始向这边深深迂回着拖曳起船尾。如是复杂重合在一起的轮船全貌被再度分解开来。自船首起，依次逐步显现出了各个部位的原貌。一度从视界中消失了的龙二的身姿，变成了一个仅够辨认的、火柴棒大小的黑点；船尾处的太阳旗与朝陆地闪耀的夕阳正面相对，它们再次一起映入房子和登的眼帘。

“前进！拖轮！”

扬声器的声音，犹如乘着海风一般清晰地传进耳畔。拖轮离开了“洛阳”号。轮船停在那里。汽笛声鸣响了三次。船上的龙二、栈桥上的房子和登好像都被封闭进了一个相同的胶状时间里——片刻不安的沉默与静止。

终于，“洛阳”号鸣响了出航前那巨大的汽笛声。它震撼了整个码头，传向了市内每一个窗际，传向了正在准备晚餐的厨房，传向了小小旅馆里并不更换床单的床铺，传向了留守家宅中孩子的书桌，传向了学校、网球场和墓地。这汽笛声涌向了所有的地方，使那些地方片刻间充满了悲哀，毫不客气地撕开了毫无关联的人的心。那震耳欲聋的起航汽笛声尖锐地鸣叫着。轮船吐出白色烟雾，笔直地驶向海面。龙二的身影从视野中消失了。

# 第二部　冬

# 一

十二月三十日上午九时，房子一人去迎接即将走出新港码头海关检查站的龙二。

新港码头是个奇怪而抽象的街区——过于清洁的马路；枯萎的法国梧桐林荫树；零星的过往行人；古色古香的红砖库房；容易被误解为文艺复兴时期建筑的仓库公司的大楼。铁路支线就铺设在这些建筑物之间。古老的火车头喷吐着黑烟从铁路支线上驶过。就连那简朴的岔道口，也好像并非真货，给人以玩具之感。这片街区的非现实感，就在于它所有的机能都只是围绕着航海而运行。甚至每一块砖头，也全都被大海摄走了魂灵。大海使这个街区变得单纯而抽象。作为回馈，便是这片街区丧失了机能的现实感。原因无疑就在于它已经演变成一座只为梦幻而生的城市。

不巧又下起雨来，仓库古旧的红砖上流淌着鲜艳的朱色。鳞次栉比的船桅高出片片屋脊，已被雨水打得一片湿润。

房子隐蔽地等候在车里。透过雨水敲打的车窗，可以看见船员们从海关那简陋的小木屋里接踵走出。

龙二竖着藏青色短大衣衣领，把船员帽压到眉下，拎着旧旅行包，躬身踏进了雨中。房子让知根知底的老司机跑去叫他。龙二滚进了车厢，如同一件被雨水淋湿了的大件行李被粗鲁地扔进车内一般。

“来接我了！到底还是来接我了！”

他猛地抓住房子貂皮大衣的衣肩，气喘吁吁地说。也不知是雨水还是泪水所致，他那被日光灼晒得比以前更加黝黑的面颊湿湿地扭歪着。与之相反，房子的脸颊则由于激动而丧失了血色，在微暗的车厢里苍白得几乎可以映透车窗。两人一面接吻一面啜泣。龙二把手滑向女人的大衣里侧，仓促地四处触摸，仿佛在检查一个刚刚救上来的躯体是否还活着一般。他用双手紧紧地拥抱着房子柔软的躯体，在心底唤回了她的全部存在。

他知道，汽车从这里出发，只要六七分钟就可以抵达房子家。车子开过山下桥时，两人总算开始了像模像样的对话。

“感谢你寄来那么多的信。每封我都读了上百遍啊。”

“我也是呀……这次就请你到家里过年吧。”

“噢……阿登呢？”

“他原本也打算来接你的，可是有点感冒，正躺着哩。啊，也不是什么大不了的感冒，并没发烧……”

两人不假思索地展开了这种与陆上之人无异的理所当然的会话。他们并未感到不自然。在分开的这段日子里，他们认为：这样的会话岂止是困难，简直就是不可想象。他们肯定再也无法自然而然地恢复到夏季那种关系上去了。业已发生的事情宣告终结，成为一个完美的圆环。他们觉得自己会被那个烨烨闪烁的圆环反弹出来，再也无法迈入其中。这就像想把手臂再度原封不动地轻松伸入四个月前临出门时挂在钉子上的上衣衣袖中一样，事情不可能那么顺顺当当地随心所愿。

喜悦的泪水消除了不安，将他们一气推向超人的心境。龙二的心似乎麻木了，甚至不能单纯地感受到眷恋。他只是觉得，车窗左右的山下公园和海塔，恰如在心中反复回味的那样，正理所当然地存在于那里。不过，大雨飞溅出来的水花形成了蒙蒙暮霭般的景致，它缓和了所有风景存在于斯的过度明确性，使其与记忆中的印象或多或少有点儿相近，因此，便更加提高了这所有一切的现实感。下船后的一段时间内，感觉到世界的不稳和摇摆本来是司空见惯的事，可是，像今天这样觉得自己就如同拼图玩具中的一个人物一样被嵌入这种易于亲近而又毫不动摇的世界中，还是开天辟地头一次。

过了山下桥后，汽车右拐沿着运河向前驶去。运河上布满了蒙着深灰色苫布的舢板。片刻以后，车子便开始往法国领事馆旁边的坡上爬去。天高气爽，翻卷着的云朵明亮地舒展开来。行将雨霁。车子爬过了坡顶，从公园前面驶过，又由谷户坡大街左拐驶入小路，停在了黑田家门前。院门到玄关之间那两三步远的石板路面虽然早被雨水淋得透湿，如今也开始透亮转干。老司机替房子撑着雨伞，摁响了玄关的门铃。

房子对出来的保姆吩咐道："玄关太暗了，快把灯打开。"

龙二跨过低矮的门槛，把脚迈进微暗之中。

就在那一瞬间，一种微妙的感觉向龙二袭来——自己的脚要不要跨进这个门槛呢？

他理应已经和女人一同抬脚踏进了那个闪烁着与原先相比毫

无二致的光辉的圆环内，但又觉得略有差异——尽管这差异难以言喻。总之，有那么一种异样的感觉。无论是在晚夏起航前的别离之际，还是在嗣后的一封封信函中，女人都小心翼翼地避开了海誓山盟、永结同好之类的话题。然而，方才的那个相拥让一切都已不言自明——两人追寻的归宿完全相同。只是因为着急，他完全没有想到要去证实这种微妙的不谐调之感，也没有意识到自己现在已经来到别人的家里。

“雨真大呀，”房子继续说道，“不过，好像就要停了。”

这时，玄关的灯亮了，装饰着威尼斯风格镜子的狭小玄关处，浮现出琉球大理石铺就的地面。

客厅的壁炉里，薪柴在熊熊燃烧。壁炉台上摆放着带座的方木盘，循规蹈矩地铺着里白、交让木、果囊马尾藻和海带等。此外，还摆放着供神用圆形年糕。保姆端来了茶水，值得称道地寒暄着：

“欢迎您的归来呀！大家可全都望眼欲穿地盼望着您哩。”

客厅里不同于往昔的，是增加了房子的若干新手工艺品以及摆放在那里的、小小的网球优胜奖杯。

房子依次介绍着这些物品。自龙二出发后，房子比以前更加热衷于网球和罗纱刺绣。不仅仅是周末，就是在店里她也会忙里偷闲，赶到秒香寺台下的网球俱乐部去；夜里则面对桐木绣框上的罗纱绣底，抽动着绣针。在房子的底样图案中，与轮船有关的东西多了起来。绣有南蛮屏风中常见的黑船[1]以及古色古香舵轮图案的靠

① 历史用语，泛指大型西洋船舶。

垫，就是她入秋以来的新作。在年终的女子双打比赛中，房子终于获得了这个优胜奖杯。而在龙二眼里，这些物件都是独守空房的房子坚守贞节的明证。

“不过，没有任何有价值的事，”房子说，“在你离开的这段日子里。”

房子告诉龙二，她觉得自己真是没有志气——和龙二告别时她根本就没打算等他，然而却在他离去的同时开始了自己的等待。她想忘了龙二，于是在店里拼命忙活，应酬客人。客人离开以后，店内寂寥无声，耳畔便会传来院落中喷泉的声响。就在她侧耳倾听喷泉声的过程中，她感到愕然。在那一瞬间她就已经开始了自己的等待……

——同以前相比，她已经能够毫不矫饰地、流畅地道出自己的心声。一封封信函中大胆的表述，早已赐予她意外而又清新的自由。

这一点在龙二来说亦然。他也比以前饶舌而且欢快了。这种变化是从他在檀香山收到房子的第一封信时开始的。他明显地变成了一个易于交往的人。他开始乐于参加船上餐厅里的“侃大山”了。没过多久，“洛阳”号上的高级船员们就全都知道了他的恋爱细节。

“去看看阿登好吗？那孩子盼着见到你，昨夜一准没能睡个踏实觉。”

龙二从容不迫地站起身来。毋庸置疑，他已经是大家殷切期盼和热爱的人了。

龙二从皮包里取出送给登的礼品，跟在房子身后，踏上了那段晚夏第一夜自己曾双腿颤抖着爬将上去的昏暗的楼梯。然而这一次却迥然不同——他迈着一种一切都已被人接纳以后的极为坚实稳重的步伐。

登听见了拾阶而上的脚步声。等待使他紧张。他在床上绷紧了身躯，又觉得这脚步声不知为何与自己期盼已久的那种不同。

敲门声响过后，门扉豁然洞开。登看到了一条红褐色的小鳄鱼。恰在此时，乌云散尽的万里长空，把流水般的亮光洒满整个房间。门扉处浮现出来的那条鳄鱼竟在一瞬间里宛若活物一般——在空中僵硬浮游的四肢、猛然张大的嘴巴、正在闪烁的红色眼珠。活物也能用来作徽章吗？他在余热尚未退尽的混沌头脑中思忖着。记得龙二曾经说过，在珊瑚礁海上，环礁内侧一如微波不兴的水池；而在远方海面环礁的外侧，则大浪翻滚彼伏此起，远远望去，飞溅而起的白色浪花恍若幻境一般。登在心中暗想：自己那与昨天相比渐渐远去的头疼，恰似环礁彼端海面上簇拥飞舞的白色浪花。鳄鱼就是他头痛的、他那遥远彼端的权威的徽章。事实是，疾病已使这位少年的神情略显威严。

“喏！给你的礼物！”

在门扉阴影处支撑着鳄鱼的龙二露出了整个身躯。他穿着灰色套头毛衣，脸膛晒得黑黑的。

考虑到眼下这个时刻，登早在心底下定了决心，绝不赔笑！他以疾病作为挡箭牌，成功地保持住了绷紧的面孔。

“真也怪了！本来盼星星盼月亮似的。怕是又发烧了吧？”

妈妈打着多余的圆场。在登的眼中，妈妈从未如此卑俗过。

“这家伙呀，”龙二毫不介意地把鳄鱼放在枕边说道，“这是巴西的印第安人制作的剥制标本。我说的这个印第安，那可是货真价实的印第安啊。祭祀时，那些家伙就把这种小鳄鱼和水鸟的剥制标本放到装饰在头上的羽毛前面，然后在额头贴上三片小圆镜。小圆镜反射着篝火的烈焰，简直就像三眼妖。项链则是豹子的牙齿，腰上还缠着豹皮。他们身背箭筒，手里拿着色彩浓艳的漂亮弓箭……虽说这只是小鳄鱼的标本，可终归也是正式祭祀时礼装的一部分呀。”

“谢谢！”

登只说了这么一句表示感谢的话。他抚弄着仔鳄背部朴实无华的隆起部位和萎蔫的肢体。在弄清了积存在红色玻璃球眼珠边缘的巴西乡镇滞销货上的尘埃后，这才开始反复品味起龙二刚才说过的话。温热潮湿、皱褶密布的床单；因火炉而感到闷热的房间；枕头上掉落的自己因干燥而剥离了的唇皮——这是他刚才悄悄剥下的。登在担心：因为这块小小的皮肤，自己的嘴唇看上去是否会显得过于赤红？与此同时，他又下意识地向留有窥孔的抽屉那边瞄了一眼，随即便生出悔意。如果大人们顺着自己的视线，向那边投去怀疑的目光，那可就糟了！不过没有问题，大人们比他想象的要麻木得多。他们正在令人反应迟钝的恋爱中心旋摇曳。

登死死地盯着龙二。龙二那被热带太阳烤黑了的面部越发增加了雄壮感，浓密的眉毛和洁白的牙齿也越来越显眼了。可是，龙二最初的那番长篇大论却让登感到有些做作。他好像是为了迎合登的理想，对登每每在信中写下的夸张情感曲意逢迎。再度看去，龙二的身上仿佛带有某种仿冒的成分。登感到忍无可忍，于是，那句话终于冲口而出。

“哼！我怎么总觉得这东西像是仿造的呀。”

然而龙二却对此做了善意的误解。

“喂，你可不要开玩笑呀！是因为它太小了吗？鳄鱼嘛，小时候都是这么不丁点儿的。你去动物园瞧瞧！”

“阿登，不许说失礼的话。你不如先看看那本集邮册吧。”

早在登伸手前，妈妈就已经让龙二看过桌上那本用龙二寄自各地的信封上的邮票逐个精心贴成的集邮册。

妈妈在椅子上坐了下来，面对着窗子的亮光，一页一页地翻弄着。龙二则手扶椅背，从上往下依次观看。登在心中自语：两人的侧脸怎么全都这么好看呢！稀薄清澄的冬日光照，温馨地映照在那两张端正的侧脸的鼻梁上，他们似乎已经忘记了登的存在。

“这次什么时候出航？”

登忽然问道。

妈妈把惊诧的面孔转向了登。登清楚地看到：那张脸已经变得一片苍白。毫无疑问，对房子来说这是她最想打探的，但同时也是她最不敢问的。

龙二故意依旧凭窗而立。他微微眯缝起眼睛，缓缓答道：

“还不知道。”

这个回答令登受到了打击。房子虽然沉默着，然而她的身姿就好像是一个用小软木塞子封堵起来的瓶子，里面装着各种被风刮起涟漪的感情——一副不知幸福还是不幸的傻女人表情。在登的眼里，当时的妈妈就像是一个洗衣妇。

俄顷，龙二又不慌不忙地这样说道：

“总之，在新年到来之前一直要装卸货物。”

谎言也好真实也罢，这是一种确信自己能够给予他人的命运以力量的男人特有的充满怜悯语调的声音。

——母亲和龙二刚刚走出房间，登就因为愤怒而满面赤红。他不住地咳嗽着，从枕头底下抽出日记本，这样写道：

冢崎龙二的罪状：

第三条　当问他“这次什么时候出航”时，他竟出人意料地回答说“还不知道”。

登放下笔思索了片刻。然而愤怒再次驱使他执笔如是写道：

第四条　他终归再次回到了这里。

片刻以后，登开始为自己的愤怒感到羞耻。“没有感情”的训练跑到哪里去了？他再三鞭策自己，认真细致地检查自己的内心。在确认心底已全无怒意之后，这才重复阅读了第三条和第四条。尽管如此，登仍然认为没有必要对上述两条做任何修改。

这时，登隐隐听到了隔壁房间里的响动。妈妈好像在那里，龙二好像也在那里……自己的房间没有被锁上。登在心中思考着下一个步骤，不由得一阵悸动。在这个没有被锁上的房间里，在这样的上午时分，怎样做才能在不被察觉的情况下，迅速、真正迅速地悄悄抽出大抽屉，把身子钻进大抽屉留下的空当里呢？

## 二

房子得到的礼物是一个狁狳皮手提包。这是一个缀有老鼠头模样饰品的怪异玩意儿。卡子和做工都极其粗糙。可房子却仍然喜滋滋地拎着它到处走动，在店里也洋洋自得，惹得涩谷经理眉头颦蹙。

除夕那天，雷克斯也相当忙碌，龙二因为难以请假故而承担了下午的值班。两人在时间的流逝中各自忙碌着。虽然分开了半日，此次却没有觉得有什么不自然。

房子从店里归来，已是夜晚十时以后。只见龙二正在家中帮助打扫卫生。不同于往年的除夕夜，他与登及保姆三人早早就动手拾掇起来。与在船上打扫卫生时一样，龙二麻利地指挥着。今晨开始退烧的登，也兴高采烈地接受了指挥，拼命地忙碌着。

龙二挽起毛衣衣袖，把手巾缠在了头上。登也仿而效之，头上缠着毛巾，面颊显得生气勃勃。房子到家时，两人已把二楼打扫得干干净净，正手里拎着地板抹布和铁皮水桶想要走下楼去。房子以惊愕而又喜悦的神情看着他们，同时也对登病后初愈的身体有些担心。

“不要紧的！干点活出出汗，感冒之类的小病通通都能赶走！”

龙二这番有力的话语，或许只是一种粗鲁的慰藉。但至少在这个家里，却是旷久未闻的“男子汉语言”。仅仅这么一句话，居然就令房子觉得那些陈旧的柱子和墙壁也全都处在一种紧张肃穆的氛围之中。

全家人一面听着除夕的钟声，一面吃着大年三十祈愿的荞麦面。

“在我以前待过的麦格雷戈尔先生家，一到过年就会聚集很多的客人。十二点整时，也不管是谁，大家都会相互亲吻。我呀，脸蛋儿被那位满脸胡须的爱尔兰大叔死死地吸吻着……”

保姆在述说她每年都要讲述一遍的往事。

走进卧室定下神后，龙二立即抱住了房子。当看到黎明初现的征兆时，龙二突然提出了一个孩子气的建议——马上到相邻的公园去观看元旦的日出如何？房子欢呼雀跃起来，成为跑到天寒地冻的屋外这一近似癫狂的冲动想法的俘虏。

两人急忙将可以上身的衣服穿在身上。房子在紧身裤外加穿了一条西装裤，在开司米毛衣外又加穿了一件华丽的丹麦制滑雪用毛衣。龙二则用短大衣的袖子包住她的肩膀，蹑手蹑脚地打开门锁来到屋外。

温热的躯体沐浴在拂晓的空气中，他们顿时感到神清气爽。两人跑进破晓前人迹杳然的昏暗公园里，纵情欢笑起来。他们在扁柏树丛中相互追逐，深深呼吸，口中竞相吐出的热气呈现出鲜明的白色。因彻夜的爱抚而湿润炙热的口腔里，似乎挂满了凛冽的薄冰。

当两人凭依在可以俯瞰港口的围栏上时，时间早已过了六点。

金星正在向南方倾斜；大楼的灯火和仓库的檐灯以及远方海面上忽明忽暗的红色桅灯依旧十分明亮；海塔旋转探照灯的红绿光束，更为鲜明地扫射着公园中的黑暗。各家住宅的轮廓清晰可见，东方的天际泛起一片紫红的色彩。

借助摇曳着灌木丛小小枝叶的寒冷晨风，耳畔响起了从远方断续传来的微弱而悲壮的叫声——这是今年的第一声鸡鸣。

“但愿今年是个好年头。”

房子说出了自己的祈愿。因为寒冷她把面颊偎依过来，龙二立即吻着那近在咫尺的唇说道：

“会是个好年头的！一定！”

与水面紧紧相连的一座大楼逐渐清晰地显现出轮廓。面对着大楼太平梯的红灯，龙二在心中痛切地思辨着自己对陆地生活的感触。到了今年五月，他就三十四岁了。他必须舍弃那个过于漫长的梦想。他必须意识到：这个世界并不存在什么非他莫属的荣耀。面对微微泛起的青灰色晨曦，仓库的微弱灯光仍然执迷不悟地进行着抵抗，可是龙二却不得不清醒过来了。

今天是新年第一天，可弥漫在港口内的郁闷颤音却了无变化。从运河的驳船堆里解脱出来的大舢板，发出干枯的鼓动声驶离了港口。

由于渐显安逸和充盈的水面被染为红褐色，从停泊着的船上洒落下来的几抹灯影则变得浅淡起来。六点二十五分，公园的水银灯熄灭了。

“不冷吗？”

龙二数次问道。

“寒气都沁到牙根里去了。不过没问题。太阳马上就要出来了吧。”

在多次问着“不冷吗”的同时，龙二也在心底无数次地叩问着自己——你真的要舍弃吗？将那大洋的感情、那非比寻常的颠簸不断赐予你的内心郁暗和陶醉心境；将那别离的壮烈；将那为流行歌曲而洒下的甘美泪水……将那种自己原本就是男人，却因与世隔绝而越发成长为男人的状况。

潜藏在厚实胸膛里的对死亡的向往。远方的荣耀和远方的死亡。所有的一切都在遥远的“彼方”。无论如何它们都在遥远的“彼方”。你要舍弃掉这一切吗？因为总是直接接触郁暗汹涌的波涛以及长空云际的崇高之光，自己的内心世界已经扭曲变形。所以自己时而郁闷压抑，时而昂扬奔放，进而无法辨认出最高雅的感情和最卑劣的感情。于是就把功过是非全部转嫁给了大海。你要舍弃掉如此令人快慰的自由吗？

另一方面，在此次远航的归途中，龙二也切肤地意识到：自己已经极度地厌恶起了航海生涯的凄惨和寂寞。他尝遍个中滋味，确信所有的滋味均已被自己品尝殆尽。看吧！哪里都不存在什么荣耀！无论在世界的任何地方。北半球也好，南半球也罢。即便在船员们憧憬的那颗星斗——南十字架的星空下！

——贮木场的复杂水面清晰可见。伴随着此起彼伏的鸡鸣，天空孕育出一种羞赧的色彩。但是，被烟雾包裹着的港内船身，反而在桅灯熄灭的同时，呈现出一隅虚虚幻境。天际赤红朦胧。横曳的云朵随风飘移，覆盖住了远方的海面。此时，两人身后公园的空间已经大面积地泛起鱼肚白，海塔的旋转探照灯也收回了自己的光束，只剩下忽亮忽灭、闪烁夺目的红绿两色在显示着它的所在。

由于寒冷至极，两人凭栏相拥，原地踏脚。比起裸露在外的脸部，寒气反倒自脚下汩汩升腾上来。

“快了吧？”

在突然喧嚣起来的小鸟的鸣啭声中，房子说道。因寒冷而憔悴的苍白面孔上，出门前仓促涂上的一点口红，现在显露出鲜艳的色彩。龙二觉得它很美。

不久，贮木场右侧高高的淡墨色天际上，便朦朦胧胧地透射出一片浅红色轮廓。俄顷间，太阳变成了一个显眼的食用红粉般的绯红色圆圈。不过，那光亮纤弱得尚可直视，宛若一轮红色的满月。

“好年头呀！你我二人能够像现在这样观看元旦早晨的日出！别的不说，这可是我有生以来第一次看到元旦早晨的日出啊！”

寒风使房子的这番话走了调。

如同站在冬季的甲板上顶着北风说话一般，龙二扯着嗓门毅然决然地喊道：

“嫁给我好吗！”

这句话被房子反问了一遍。她的反问令龙二焦躁不安起来，于是，不说为佳的话冲口而出。

“我在问你‘嫁给我好吗’！或许我只是一个微不足道的小船员，可我迄今为止在生活方面一直是很检点的。也许你要笑话我了，我还有两百万元的存款呢。过后让你看看存折吧。那是我的全部财产。不管你同意与否，这笔钱我可是全都要交给你的!”

这些朴实的话语超乎龙二想象地博得了高雅女人的心。房子喜极而泣。

龙二那忐忑不安的眼睛，已经不能直视辉煌渐增的太阳。汽笛声响彻云霄，汽车声在耳畔回荡，港口内的声响在渐渐苏醒后变得高昂不止。远方云雾叆叇，看不到地平线。太阳则开始把它的反射，犹如飘逸的赤红烟雾一般，洒向正下方的水面。

“啊，可以呀。不过，关于这件事，我想我们还有很多问题需要商量。阿登的问题，我的工作问题，等等……此外我只想提出一个条件，可以吗？关于你方才提到的这件事，如果你还是打算马上就要上船的话，如果是那样的话，那，那我可就不好办了。”

“不马上上船。或者说，已经……”

龙二欲言又止。

房子平素住在一栋完全没有日式房间的宅子里，过着西式生活，可在元旦这一天却遵循惯例，为饮用恭贺新年的屠苏酒坐在了西式餐厅内摆放着新年菜肴的食案前。彻夜未眠的龙二用元旦早晨汲来的水洗过脸后便前往餐厅。在走进餐厅时，他产生了这样一种感觉——他觉得这里似乎并不是日本，反倒像是北欧某港口城镇的日本领事馆内。往昔的某年岁末，该领事馆曾邀请抵达那里的货船高级船员们参加领事馆的新年宴会。在那里等待着他们的，同样也是摆放在明亮的西式餐厅餐桌上的屠苏酒酒壶、描金画底座上的木杯以及盛有五光十色菜肴的套盒。

规规矩矩系着领带的登也在屋内。大家异口同声地互致新年的问候。到了该饮用屠苏酒时，往年最先取酒的登照例伸出手去拿酒，却被妈妈训诫了一番。

“多可笑啊！家崎先生怎么可以用最小的酒杯来喝酒呢[1]？”

登故意拿捏出童稚的语气来为自己遮羞。他一面说，一面热心地望着最先捧起酒杯的龙二用粗糙的大手包裹着越发显得小巧的梅花图案酒杯将其送往嘴边的情景。透过描金梅花显现出朱色的酒杯被埋在握惯了钢缆的手中的样态，看上去十分粗俗，甚至令人感到悚惧。

饮酒祈愿结束后，未待登催促，龙二便说起了在加勒比海面遇上飓风的情景。

“轮船摇摆起来后，连饭都烧不成了。尽管如此，我们还是想办法烧了饭，做了饭团。餐桌上根本放不住饭碗，于是便拾掇起大厅的桌子，盘腿坐在地板上狼吞虎咽地吃了起来。

“不过，加勒比海的这次飓风可真够厉害的。‘洛阳’号本来就是一条从外国买来的老爷船，船龄已经有二十年了。遇到狂风暴雨马上就会进水。海水从船底铆钉眼那儿咕嘟咕嘟地涌进来。这种时候就没了高级船员和属员[2]之分，大家都跟落汤鸡似的，不是忙着往外舀水，就是赶着铺贴防水垫，要么就是拼装模板急三火四地往里面灌水泥。干活时，无论是撞在船壁上摔倒，还是因为停电而被留置于黑暗之中，都没有工夫害怕了。

“怎么说好呢？无论跑了多少年的船，也还是讨厌暴风雨啊。每逢那时心里就会想，这次可是要玩完了！那次遇上飓风也一样，头

---

① 日本家庭有元旦早晨喝屠苏酒的习惯，意在驱灾招福。桌上放有托盘，上面摞着大中小三只盘形浅酒杯及酒壶。酒杯最大的在下，最小的在上。

② 一般水手等下级船员。

一天的火烧云简直就像是一场巨大的火灾，而且都红成了黑紫色。可大海倒是风平浪静……当时我就产生了一种不祥的预感……”

听到这儿，房子用双手捂住耳朵叫喊起来：

“讨厌！讨厌！不要再说这些事了！”

在登看来，妈妈捂住耳朵，对这个显然是讲给自己听的冒险故事表示抗议，简直就是在演戏。抑或，这个故事原本就是说给妈妈听的？

想到这里，登便觉得心里很不舒服。虽说同样是在讲述航海的事，可他觉得龙二今天的语调中含有某种不同以往的东西。

它与走街串巷的商贩从背上卸下包裹，在眼前摊开包袱皮，一面用肮脏的手翻弄五颜六色的商品，一面开口吆喝的那种腔调颇为相似。色彩斑驳的商品，不就是加勒比海的飓风、巴拿马运河沿岸的风景、巴西乡村小镇红土飞扬中的祭祀节日、当地上空的积雨云、转眼间就会把小镇浸泡在水中的热带暴风雨以及在阴暗的天空下鼓噪喧嚣的艳丽的鹦鹉嘛……

# 三

“洛阳”号于一月五日起航出港了，然而龙二并未随船离去，而是照旧客居在黑田家里。

雷克斯于六日开门营业。“洛阳”号抛下龙二而去令房子感到轻松快慰。

临近中午时分，她才来到店里接受涩谷经理和店员们的拜年。

在没来店铺上班的这段时间里，英国的商品代理店邮来了数打商品的发货单。

收货人：横滨雷克斯有限公司

货单号：1062—B

船名为“理想乡”号。商品包括男士套头毛衣和背心两打半，三十四、三十八和四十号尺码的裤子一打半。总计八万二千五百元。再加上一成佣金，一共是九万七百五十元……如果把这些东西放上一个月，五万元的利润是十拿九稳的。因为这些商品中的半数都是老主顾的订货，所以至少有一半可以立即售出。通过一流代理店订购英国商品的优势就在于无论商品被搁置多久也不会降价，因为对方已经指定了零售价格。如果低于此价出售，交易就会停止。

涩谷经理来到房子的办公室里，这样说道：

"本月二十五日，杰克逊商会有个春夏季商品展览会。已经发来了请柬。"

"是吗？看来又要和东京的百货公司批发部竞争了。不过，那些人都是一群睁眼瞎。"

"他们自己都没穿过好东西，哪里会懂呢。"

"没错。"

房子在台历的那一天上做了记号。

"明天要一起去通产省[1]喽！我最怕和政府官员打交道了。我就只管赔笑脸，一切都拜托你了。"

"没问题。在那些上了年纪的下级官员中有我的老友。"

"以前你也这么说过。这下可派上用场了。"

雷克斯为了迎合新顾客的爱好，已经与纽约的一家"男士城乡用品店"建立了特约关系。信用证虽然已经到手，可相应的进口许可证却必须亲力亲为。

此时，瘦削且酷爱打扮的老经理正站在办公桌对面。房子忽然想了起来，她望着对方的骆驼牌背心的领口问道：

"对了，涩谷啊，你身体怎么样了？"

"不大好啊，我估摸着是神经痛，痛感正在四处扩散。"

"看过医生了吗？"

---

① 日本通商产业省的略称。

"还没有，正赶上过年。"

"可你不是从去年年底起就觉得不对劲儿了吗？"

"年底没有时间去看医生啊。"

"还是早点去看医生的好啊。你要是病倒了，我可就束手无策了。"

老经理暧昧地笑了笑，用苍白且长满老人斑的手触摸着系得颇紧的领带结，神经质地确认着结打得如何。

女店员走进敞开的房门，报告说春日依子来了。

"好嘛，怕又是拍外景吧。"

房子下了楼梯，向庭院走去。春日依子身穿貂皮大衣，没有随员陪伴，正独自一人俯身观看陈列着商品的橱窗。

她只买了一点东西——兰蔻牌口红，鹈鹕牌女式钢笔等。房子随后邀请她共进午餐，这位颇有名气的女演员竟然高兴得脸上泛起了光彩。房子把她领到一家名叫"桑托尔"的餐馆。这家法国小餐馆位于西之桥对面的小胡同里，是快艇选手们的集聚地。经营者是一位在法国领事馆一直干到退休的老美食家。

房子开始用审视的眼神观察起这位单纯、或者莫如说是感觉迟钝的女人的孤独。依子去年追求演技奖的目标已经彻底化为泡影。她今天来到横滨，无疑是为了躲避社会上对在演技奖评选中败北的女人的关注。其身边虽然簇拥着一帮溜须拍马的人，可能够与她实实在在交往的，却只有这位并不十分亲密的横滨进口洋货店的女老板。房子暗自决定，用餐时决不提起演技奖的事。

两人就着这家餐馆引以为荣的自家秘制葡萄酒，品尝了普鲁旺斯鱼汤。依子看不懂法语写成的菜单，房子替她点了菜。

“老板娘实在是漂亮啊。我要是长成您这模样就好了！”

大骨架美女依子说道。房子心想：还没有人对自己姣好的容貌如此等闲视之呢。依子乳房坚挺丰腴，眉清目秀，鼻梁高耸。却只因口唇略呈呆傻状，便为一种莫名其妙的劣等感饱受煎熬。她认为自己之所以没能摘得演技奖，大约就是因为自己在男人的眼里更像是一道鲜美得过了劲儿的佳肴。为此，她苦恼不堪。

房子观察着眼前这位不幸但颇有名气的漂亮女人。对方一边在女服务员递出的签名纪念册上快慰地签名，一边隐隐透出心满意足的神情。通过依子签名时的神态，就可以明显看出她的情绪如何。从她现在签名时犹如醉酒一般的慷慨劲头上看，如果有人求她，即使是献上自己的一只乳房，她也会在所不惜。

“这个世上值得信赖的，也只有那些影迷了。不管他们有多么健忘！”

进餐时，依子一面点燃细长的进口女士香烟，一面粗鲁地说。

“我也不值得信赖吗？”

房子以捉弄的语气问道。之所以这样发问，是因为房子已经看透了依子对这一提问必会做出的幸福反应。

“如果不相信你，我就不会到横滨来了。说起朋友，也就只有你一个呀！真的！请你相信我的话……我呀，最近从未有过如此安逸的心境啊！这都是托了老板娘的福呀！”

依子再度用房子最讨厌的叫法称呼着房子。

墙壁上悬挂着具有历史意义的快艇水彩画，它们分别是十七世纪的“玛丽”号和十九世纪的“美利坚”号等。在这家小小的餐厅内，只有餐桌上的红格台布鲜明耀眼。此时，店内除了她们以外再无其他顾客。北风在窗框外呼啸。报纸从窗外空荡荡的街道上翻滚掠过。灰色的仓库墙壁遮住了视野。

依子披着貂皮大衣吃完了这顿饭。由金色链环穿缀而成的沉甸甸的项链在其胸部微微曳动，使人联想到神轿一般威严的、挂在胸前的稻草绳[①]。她神色满足，就好像是一名在辛劳的空闲时间里坐在向阳枯草地上的高大女工，饕餮过后希冀摆脱飞短流长的俗世和自己的野心。

无论幸福与否，这个从旁观察总是理由脆弱的女人抚养着十名亲属。就在这一瞬间，其生活能力的态势，可谓栩栩如生地映现在了房子的眼中。她的动力便是自身的美貌，可依子本人却丝毫没有察觉。

房子突然意识到，自己一直在寻觅的理想倾诉伙伴正是此人。于是，房子打开了自己的话匣子。在诉说的过程中，因为陶醉于所诉事端的幸福感中，故而将那些不该说的细节也都娓娓道出。

“这么说，那两百万元的存折和印章都交给你了？”

“我再三推辞过，可是……”

“干吗推辞呀。好一个男子汉啊。金额本身对你来说虽然微不足道，可那份心思让人高兴不是？如今这世上居然还会有这样的好男人呀！你再看看往我身边凑的那帮男人，都是一些居心叵测的吸血鬼！你呀，真是走运呐！”

---

① 挂在神殿前表示禁止入内或新年挂在门前取意吉利。

房子为依子那令她始料未及的处事能力所瞠目。问完情况以后，依子立刻麻利地向她面授了如下机宜：

第一，作为结婚的前提，应该请私家侦探社进行调查。届时，要提供被调查者的照片并准备大约三万元的费用。如果着急的话，一周以内就可以出结果。依子说她碰巧知道一家值得信赖的侦探社，随时都乐于介绍。

第二，这种担心可能有些多余，不过跑船的人往往会染上那种脏病。所以，得带着他去房子信赖的医院，相互交换健康证明。

第三，孩子的问题。因为是男孩儿和继父的关系，所以与后妈不同，没有什么好担心的。更何况如果孩子把他视为英雄来崇拜（他如果在本质上是一个和善的男人的话），那就一定会和睦相处下去。

第四，丝毫也不能让男人游手好闲就那么待着。如果想将来把他培养成雷克斯的老板，正好又赶上涩谷经理人老体衰的当口，那就尽早，最好明天就让他去店里熟悉业务，打打帮手。

第五，从存折一事看，他不是个鼠肚鸡肠的男人。不过，海运界自去年以来就严重萧条，轮船公司的股票也全都一路下跌。毫无疑问，他是想在这个节骨眼儿上改行，不再干跑船的行当了。因此，房子虽说是个寡妇，可也没有必要徒然自卑。应抱有完全平等的态度，注意莫让对方小瞧了自己。

依子就上述事宜，向年长的房子做了简略细致的说明。一直被房子视为傻瓜的女人这番井井有条的话语和神态，令房子惊诧不已。

"你怎么会这般有主见？"房子感慨万端地问道。

“说穿了其实很简单。我嘛，以前也有一个想嫁的男人。于是就对我们公司担任制片的董事说了。你应该知道，提起光映公司的村越先生，那可是一个响当当的干将。不愧是村越先生呀，他根本就不提我的工作、人气和合同之类的事。首先对我露出灿烂无比的笑脸，说完‘恭喜了’之后，就把刚才我对老板娘你说的那些内容列举了出来。我嫌麻烦，就全都委托给他了。一周后便水落石出——那男人与三个女人有染，还有两个私生子，此外还是一个病秧子，整天游手好闲。他居然打算结婚后把我的家人全都扫地出门，自己什么都不干，整天享清福！怎么样？男人嘛就是这副德行。当然，也有一些例外。”

就从这一瞬间起，房子开始憎恨依子了。然而，真正不可思议的是：在此时的憎恨之中，已经包含了踏实而正直的资本家的愤怒。房子觉得，依子无意识的讥讽，并非只是单单针对龙二一人，同时也是对房子清白的家世和教养，黑田家稳重而有品位的氏族家风，乃至是对享尽天命的丈夫的名誉等的整体性污辱。

其实，房子不仅成长过程与依子完全迥异，其人生际遇也不可能与依子雷同。房子咬着嘴唇在心中暗忖：

“无论如何我都要让她明白这个理儿。眼下没有办法，毕竟和她还是店铺和主顾的关系。”

房子本人也没有意识到，她正站在与去年晚夏那个激越而突发的热情完全相悖的立场上怒火中烧。心底里，与其说是在为龙二而恼怒，莫如说是为了丈夫去世后，自己苦心经营至今的这个母子两人的健全家庭在怄气。依子的讥讽在房子听来就仿佛是世人对自己的“轻率之举”所给予责难的最初一击——这是房子尤为恐惧的。就在适宜的“美满结局”即将回报自己的“轻率之举”之际，依子却故意说出了不吉利的话……房子为自己故去的丈夫而气恼，为黑田家而气恼，为登而气恼——终因那源自不安的满腔怒气而面如土灰。

“我的眼光可与这个混账女人不同。如果龙二是劣迹斑斑、游手好闲的男人，怎么可能被我看中呢。别看我这样，眼光还是健全可信的！”

房子的如是思量，就等于是在否定自己去年夏天那股不可思议的激情。其内心的嗫嚅突然沸腾高涨，危险的心声几乎就要破口而出。

——然而依子却仍在悠然品尝着餐后的咖啡，丝毫没有觉察到房子内心的动摇。

依子忽然微微挽起左边的衣袖，显露出白皙手腕的内侧。

“请你一定保守住这个秘密呀。是你老板娘嘛，所以才告诉你。这个，就是那次事件留下的伤口。我，用剃刀割开了这里，自杀未遂。”

“哎呀！怎么没见报啊？”

房子旋即恢复了常态，生硬地问道。

“村越先生四处奔走，硬把消息给压了下来。不过，可是流了好多血呀！”

依子高高地抬起手腕，楚楚可怜地触碰了一下自己的嘴唇，遂即将手臂送到房子面前，让她看个清楚。伤口已经变成数条杂乱的白痕，不仔细看几乎无法分辨。毫无疑问，这些伤口当初就很浅，要不了人命。房子蔑视这些伤痕，于是便特意做出一直辨认不清的样子，慢慢查验着。

房子又变回了雷克斯的女老板，皱着眉头同情地说道：

“哎呀，真可怜哪！如果那时你出了意外，日本该会有多少人为你流泪啊！这么漂亮的身段，岂不是太可惜了？你可要答应我啊，今后再也不要干这种事了。”

“不干了，就是有人求我，今后也不会再干这种蠢事了。如果我死了，全日本总会有一些人为我哭泣的。我现在就是为了他们而活着。老板娘也会为我流泪吗？”

“岂止是流泪呀？好啦，打住！”

房子以无可比拟的宽容语调说道。

按理说，委托依子推荐的那家优秀的侦探社好像不太吉利，可是眼下的房子受要强心驱使，很想从同一家侦探社得到相反的结果。

“这件事就那么办吧。刚好明天我要和店里的经理去东京办事。办完事后，我就把经理甩掉，独自去一趟侦探社。能在你的名片上写上几句介绍的话吗？”

“小意思。”

依子从鳄鱼皮女式手提包内取出方才刚刚买下的女式钢笔，接着又在包里胡乱摸索了一阵，掏出了一小张自己的名片。

八天后，房子给依子挂来一个很长的电话，自豪地这样说道：

“这是向您表示谢意的电话。真的非常感谢您！一切都按照您的吩咐进行……是的，非常成功啊……调查报告特别有意思。三万元，便宜极了。念给您听听好吗？现在有时间吗？那就权当陪我，请您听听吧。

特殊调查报告书

所命事宜调查结果如下。

详细内容为：

一、关于冢崎龙二事宜

（一）客户指定事项——当事人履历内容属实与否，有无异性关系及同居事实，其他。

当事人履历　如申请人所知，毫无出入。其母止子在当事人十岁时死亡。其父始，在东京都葛饰区区政府供职，丧偶后不曾再娶，专心抚育儿女。家宅于一九四五年三月的空袭中被烧毁。其妹淑子于同年五月因斑疹伤寒故去。当事人自商船高中毕业后……

哎呦，都是这样的腔调，多么拙劣的文章啊。下面的一段就跳过去不念了……说什么‘至少没有长期维持至今的异性关系，同居关系自不必说，即便过去也绝无长期恋爱情史’。怎么样？这种表达方式……当事人略为乖僻，工作方面极为热心，责任心强，身体健壮，无任何既往病史。到目前为止的调查结果表明：未见当事人近亲及其他人有精神病或其他遗传性疾患征兆……然后，然后，对啦，当事人并无任何金钱借贷关系，也未曾向公司借债或预支款项，金钱方面可视为洁癖类人物。与同事相处未必融洽……可只要能跟我相处融洽就行了……啊，怎么样，我的客户小姐！那我就挂了。实在是感谢您。您真是个热心肠的人呀！无论如何也要再次对您表示谢意。那么，就盼着您近期再次光临啦……您问他？是的，也已经遵照您的吩咐，从两三天以前就来店里实习了。下次您光临时可以介绍给您。好的，好的，实在是感谢！再见！”

# 四

登的中学于十一日开学了。是日的课程上午就已全部结束。在正月的假期里，大家没有机会见面。特别是头领，被心血来潮的父母带到关西旅游了一趟。阔别已久的伙伴们在学校吃完盒饭后，为了寻找一个僻静无人的场所朝山下码头的尽头走去。

“你们大概会认为那里冷极了吧？大家一定都这么认为。不过，你们想错喽！其实那里有一个很好的避风场所……总之，你们去了就会明白的。”

头领说。

这一天，天气从下午开始转阴，寒气逼人。少年们走在通往山下码头尽头的途中，不由得扭过脸去躲避从海上迎面扑来的北风。

港湾尽头的填海造地工程已经结束，但是还有一座栈桥的工程刚刚干了一半。大海翻卷着灰色的波涛，两三只浮标一边摇曳一边接受着波涛连续不断的冲洗。对岸昏暗的厂区内，只有电力公司的五根烟囱十分显眼。黄烟淤积，笼罩在原本就朦胧难辨的房屋屋脊棱线上。从停靠在左侧尚未竣工栈桥旁的挖泥船上，沿水面传来了众人沉重的号子声，那声音在耳畔久久回荡。红白两色的低矮灯塔已经变成码头入口的门柱，由栈桥左侧尽头望去，几乎重叠在了一起。

右方市营五号仓库前的栈桥旁，停泊着一艘破旧不堪的五六千吨级货轮。深灰色的国旗低垂在船尾。仓库的彼侧，一艘外国船舶似乎正在抛锚。越过屋顶，可以看到亮丽的白色人字起重机鳞次栉比。在这副阴郁的图景中，似乎只有那里还有闪光的生命正在振翅搏击长空。

大家立刻明白了头领所说的避风场所的意思。它指的是在码头和仓库之间的空地上，由杂乱无章摆放着的诸多集装箱形成的集装箱村落。那些集装箱或呈银色，或呈绿色，似乎可以轻松地装进一头牛犊。它们是附有坚固铁框的巨大的胶合板箱，就那么丢在野外任凭风吹雨淋。胶合板部分也都被涂成铁一样的银色，上面写着各家出口货物商店的名称。

六个少年一看到这些，立刻各自隐没在集装箱的隙缝里。他们或是沿着那些隙缝突然跑出，头碰头地撞在一起；或是相互追逐逃避着，度过了一段天真烂漫的时间。头领在银色集装箱村落的正中，发现了一只仅剩下铁框架、两面的箱壁残破不堪的集装箱。箱内的货物已被掏取得干干净净，只有箱内胶合板的颜色鲜明可见。此时，大家早已汗流浃背。

头领发出了伯劳鸣叫般的喊声，招呼着四散的伙伴。六个人或是坐在胶合板集装箱的箱底上，或是手扶铁框站立在那里。他们产生了这样的感觉：自己所在的这个不可思议的箱体似乎正在原封不动地被起重机吊往阴霾密布的冬日天空。

他们按顺序出声阅读着胶合板内壁上用万能笔写下的涂鸦：

“在山下公园里见面吧”、“忘掉一切，不负责任吧”……这些句子好似连歌[①]的接句，连在别人句后的句子，均精心地歪曲和改变了前句的希望或梦想。“年轻人啊，恋爱吧”、“忘掉吧，女人之类”、“随时都要怀有梦想”、“黑心肝、黑伤痕的蓝调”……此外，其中的某些句子还可以窥视到少年水手那颗颤抖的魂灵。“I changed green. I'm a new man[②]”……一艘货轮绘画辐射出四个箭头，右侧箭头指向横滨，左侧箭头指向纽约，上方箭头指向Heaven[③]，下方箭头指向Hell[④]。而字体硕大的“All forget”[⑤]则被围困在力量充盈的巨大圆环内，还绘有目光忧郁、竖着短大衣衣领、嘴里叼着偌大烟斗的船员肖像。这一切都在诉说着航海的孤独和烦躁，镌刻着自负和无处排遣的忧愁，典型得简直如谎言一般……悲哀并且执拗地炫耀着自己具有幻想自己的资格。

“这些都是胡说八道！”

头领气愤地说。他那白皙且稚嫩无力的手掌握成了拳头，捶打着涂有那些话语的箱壁。对六个人来说，他的那只小手便是绝望的象征。他们甚至都被谎言拒之于门外。

尽管头领曾经说过，世界已被贴上了“不可能”这一封条，可能够最终揭下这封条的只有他们。

“你的那个英雄怎么样了？在那以后。嗯？三号，我听说那个家伙回来了……”

---

① 由两个或两个以上的人交互吟咏创作的和歌。
② 英文，我变成了绿色。我是一个新人。
③ 英文，天堂。
④ 英文，地狱。
⑤ 英文，忘掉一切。

头领意识到了大家的视线，遂阴冷而恶毒地问道。他一边说一边匆匆戴上从外套口袋里掏出的带有松软里子的厚实皮手套，然后把燃烧般赤红的衬里稍稍翻转过来做了一个造型。

“回来了呀。”

登精神恍惚地答道。头领提出的这个话题真让他讨厌。

“那么，那个家伙在航海中干了什么了不起的事吗？”

“嗯……对了，他说在加勒比海面遇上了飓风。”

“嘿，又从头浇到脚，变成落汤鸡了吧？就像上次什么时候淋了公园喷水后的那副德行。”

大家为头领的这番话笑出声来。一旦笑起来，就再也无法控制。登觉得大家似乎是在嘲笑自己，但他立即恢复了自己的自豪。也正因为如此，后来讲述龙二每天的活动内容时，才能够犹如报告昆虫的生态一般不掺杂任何感情。

一月七日以前，龙二一直赋闲在家。当得知“洛阳”号早在一月五日就已经出航后，登的精神遭受了巨大的打击。与“洛阳”号是何等唇齿相依、共为一体的这个男人，在夏季出港时是何等辉煌地成为远去轮船的一个组成部分的这个男人，现在却从如此美轮美奂的整体中脱身而出，随心所欲地从自己的幻想世界里截断了轮船和大海的幻影。

的确，在假期里，登曾经纠缠着龙二问他种种航海的逸闻，获取了所有伙伴都无法比肩的广泛知识。但是，登真正想要的并不是那些知识，而是在龙二闲聊期间慌然再度离去时残留的蓝色点滴。

大海、轮船和航海的梦幻，只存在于那辉煌的蓝色一滴之中。

龙二与日俱增地沾染上了令人生厌的陆地日常生活的气息。家庭氛围的气息、左邻右舍的气息、和平的气息、烤鱼的气息、寒暄的气息、总是待在那里纹丝不动的诸多家具的气息、家庭收支账上的气息、周末旅行的气息……那陆地上的人们或多或少都会黏附于身的这些尸臭。

龙二开始了诸多认真的努力。为了熟知陆地上的教养，他开始苦读房子推荐的无聊的文学书籍和美术全集，开始借助电视学习并无航海术语的英语会话教科书，开始听房子讲解有关店铺经营的课程，开始努力穿上房子从店里订购的大批“品位高雅”的英国服装，开始量身定制西服或大衣……终于，从一月八日起，龙二和房子开始双双出入雷克斯了。那天，他身穿好不容易才赶制出来的英国新款西装，兴高采烈地……

“兴高采烈地。”

登以一种舌头上仿佛搁了冰块似的语调说道。

“是兴高采烈地，对吗？”

一号应声模仿着。

在聆听叙说的过程中，大家停止了笑声。因为他们渐渐意识到了事态的严重性。他们从中感觉到了自己共同梦幻的归宿以及令人生厌的未来。或许这个世上到头来什么事情都不会发生！

这时，一艘汽艇溅起白色波浪，斜着艇身横穿过海面。船影从集装箱间的细缝里一掠而过，马达声拖曳着长长的尾音。

“三号。”头领无精打采地凭倚在胶合板箱壁上说，“你想让那个家伙再度成为英雄吗？”

话音刚落，登立时感受到一抹寒意。他缄默不语，蹲下身去用戴着手套的指头玩弄自己的鞋尖。随后，他答非所问地说道：

“不过，那家伙至今还在自己的橱柜里好好地保存着船员帽、短大衣、弄脏了的套头毛衣。好像还没打算扔掉嘛。”

和以往一样，头领并不介意对方的回答。他用清脆、明晰的声音单方面告诉登道：

“只有一个办法能让那家伙再度成为英雄。不过，现在还不能说，该说的时刻大约很快就会到来。很快就会。”

头领如是说时，尚无人能够探究这番话语的下文。因此，头领便轻松地将话题转到了自己身上。

“下面说说我的事吧。正月旅行期间，每天从早到晚都跟老爹老妈面对面地待在一起，对我来说这可是久违的了。父亲这种东西！你们想想看吧，那真是令人作呕啊。它本身就是一种毒害，集人类所有的丑恶于一身！

“不可能有什么正确的父亲。你问为什么？因为父亲这个角色本身就是邪恶的形式。严格的父亲也好，温存的父亲也罢，或是介于其间的好父亲，全都同样邪恶。这些家伙在我们人生的前方设置障碍，拿着架势要把他们的劣等感啦、无法实现的希望啦、怨恨啦、理想啦、自己一辈子都始终无法对人说出的自卑啦、罪恶啦、过分甘美的梦幻啦、自己没有勇气遵从的戒律啦……他们打算把一切无聊、愚蠢的东西全都强加到孩子身上。就连我家那最不关心孩子的父亲也毫无例外。平时根本就不照料自己的孩子，可到头来却要求孩子理解他良心上受到的苛责。

“这次正月里去岚山走过渡月桥时，我曾这样问过我父亲：‘爸

爸，人生究竟有没有目的？’

“你们应该明白，其实我要说的意思是：爸爸，你究竟为什么活着？如果是为了我，那不如干脆消失为好。可他并不是一个能够理解如此高级讥讽的男人。他吃惊了，瞪圆了眼睛，直勾勾地看着我。我从心底里讨厌大人这种愚蠢的震惊。最终他这样答道：

“‘孩子，人生的目的不是别人给予的，而是要用自己的力量创造出来。’

“这是何等愚蠢而又陈腐的教诲呀。那时，他揿下了作为父亲理应说出的那些话语的若干按钮中的一个。你们要是能看到当时我父亲的眼神就好了。那种戒备所有独创性的眼神，那种将世界一下子变得狭窄的眼神。父亲这种东西，是隐瞒真实的机关，是向孩子提供谎言的机关。如果仅限于此，那倒也罢了。最为可恶的是，他们以为自己代表着不为人知的真实。

“父亲就是这个世界上的苍蝇。犹如苍蝇寻机吞噬腐烂之处一样，这些家伙一直虎视眈眈地盯着我们，打算伺机抓住我们的短处整治我们。这些家伙就是一群龌龊的苍蝇，满世界散布着他们与我们的母亲交配的往事。为了腐蚀我们的绝对自由和绝对能力，这些家伙什么都干得出来。目的就是为了守住他们构筑的肮脏城堡。”

“我家老爷子还是不给我买气枪。”

二号抱着膝盖嗫嚅着。

“永远都不会给你买的！可是你也差不多应该明白了，给你买气枪的爹妈和不给你买气枪的爹妈都一样糟糕。”

“我家老爷子昨天也揍了我。新年以来这已经是第三次了。”一号说。

“居然揍了你?”登战栗着追问道。

“用巴掌扇我嘴巴,有时还用拳头。”

“你为什么不反抗?”

“没他劲儿大!”

“那么,那么,”登亢奋地尖声喊着,“涂在土司片上让他吃下去不就得了?把氰化钾之类的东西。”

“挨揍还不是最糟糕的呢。”头领稍稍噘起薄薄的红唇说道。

“还有很多比这更糟的事。你是不会明白的。你是个幸运儿啊!老爹死了以后,就轮到你了。但是,你必须清楚这世间的邪恶,否则就永远不会强壮起来!”

“我家老爷子,总是喝得醉醺醺地回来欺负我妈。我如果去保护妈妈,他就会铁青着脸嬉皮笑脸地对我说:‘一边去!你怎么可以剥夺你妈的快乐?’”四号说。

“我知道,我家老爷子有三个小老婆呢。”四号又补充道。

“我家老爷子只知道对神祈祷。”五号说。

于是登问道:

“都祈祷些什么呢?”

“什么阖家平安、天下太平、买卖兴旺之类,就是这些啦。老爷子认为我家是个模范家庭。麻烦的是,妈妈受到他的影响也这么认为。家里要整洁干净,而且要正直善良,全是这些。甚至还要给家里天花板上的老鼠喂食吃,不让它们干窃食食物的坏事……在家里吃完饭后,还要一齐舔净自己的盘子,说是不能浪费老天爷的恩赐。”

“那是你爸爸的命令吗？”

“老爷子是绝不下命令的。他总是第一个去做那些最差劲的事，结果大家只好跟着效仿了……你是个幸福的家伙啊。如果不好好珍惜自己的幸运的话。”

登为自己没能像大家那样受到同一种细菌的侵蚀而感到焦躁，同时也为自己那偶然的幸运所造成的玻璃工艺品般的脆弱特质而惶恐战栗。也不知是蒙受了什么恩泽，自己得以避开邪恶生存至今。自己脆弱而纯净，宛若新月一般。天真的自己向世界伸去宛如航空网络般复杂而全面的触手……这一切不知何时就会嘎巴一声折断吧？这世界，不知何时就会忽然失去扩展的势头，给自己穿上一件令人胸闷气短的紧身衣吧？那一天已经相距不远……想到这儿，登就觉得一股近似疯狂的勇气就要从体内喷涌而出。

头领将被寒气冻得皴裂的面颊转向登，尽量不去看他的脸部，一面颦蹙起刮剃修整得干干净净的月牙眉，一面透过集装箱之间的缝隙窥视积聚在灰色海面上的烟尘和云翳。他用自己闪烁着微弱光泽的锐利门牙，咬住了皮革手套的红色衬里。

# 五

妈妈的态度变了。她变得温柔了。她开始抓紧分分秒秒的时间照顾登。很明显，这是一种预兆——对登来说，某种难以接受的事情即将发生。

某天夜晚，登道了晚安，想要上楼回到自己的卧室。“钥匙！钥匙！”妈妈边说边拿着钥匙圈跟了上来。从妈妈的叫声中，登觉察到了某种异样的东西。妈妈跟着登上楼，并从他房间的外侧锁上房门已是每夜的习惯，尽管有时温存有时阴郁。可是，却从未有过口中说出“钥匙，钥匙”的先例。

龙二身穿绛紫色方格花纹睡衣，正在阅读《商店经营实践》一书。突然听到上述话语后，他扬起脸来呼唤房子的名字。

“干吗？”

房子在阶梯正中扭过身躯回应了一句。蕴含着阿谀的甜美声调令登感到悚然。

“从今天晚上开始，就不要再锁门了吧。你看怎么样？登君已经不是小孩子了，应该能够区分出哪些事可以做哪些事不能做。喂，登君，是这样吧？”

偌大的声音在起居室里扩散开来。在楼梯上的阴影里，登纹丝不动，缄默无语，眼睛里闪烁着光亮，好似一只被追赶着的小动物。

妈妈并没有责怪登不予回答的失礼，而是很随意地维持住了她那油脂般滑腻的出色温存。

“太好了！高兴是吧？”

妈妈强烈索求着登的认同，把他领入房中，并帮他核对教科书和课程表，确认铅笔的刨削状况，以确保其翌日上学时不会出现遗漏物品。数学作业在龙二的帮助下早已准备妥当。妈妈在那里徘徊着，不厌其烦地查看登入睡前的状况。其身姿极为轻盈，动作极为熟稔，看上去就好像在水中翩翩起舞。片刻以后，妈妈道了声晚安走出门去。耳畔没有传来早已熟悉的锁门声。

——剩下登一人以后，他突然感到不安起来。他已经看穿了这个把戏。不过，看穿把戏并未给他带来任何快慰。

龙二他们设下了捕捉兔子的圈套。他们毫无疑问是在期待，希冀被囹圄者的愤怒及其所熟悉的小巢里的气息今后会从本质上彻底逆转，演绎为一种自己关闭自己的人对周围世界的达观和宽容。这是一个微妙的圈套，兔子陷入其中以后将不再是兔子。

登待在这间没有被锁上的房间里，他拢起睡衣的领口，因不安而战栗着。这些家伙已经开始了他们的教育。令人恐怖的破坏性教育。他们要强迫他——一个就要年满十四岁的少年“成长”起来。借用头领的话说，这简直就是强制“腐败”。登在发热的脑海里追逐着一个绝不可能实现的想法——能否不出屋子就亲自在屋外把自己锁在房间里呢？

嗣后某日，登从学校回到家里，妈妈和龙二正穿着晚礼服等他，说是这就带他去看一场电影。这可是登期盼已久的七十毫米屏幕的波澜起伏的大片。登狂喜不已。

电影结束后，三人去了南京街，在一家二层楼餐馆的日式小房间里用餐。登喜欢烹饪，尤其喜欢载着盘碟团团旋转的圆桌。

菜肴上齐后，龙二朝房子使了个眼色。为了这个瞬间，看来房子似乎有必要借助醉酒的力量。在少量绍兴酒的作用下，她的眼睛变得赤红。

登迄今为止从未受过大人们如此殷勤丰厚的款待，也从未见过大人们在自己面前显示出如此夸张的逡巡。这倒好像是大人们的仪式。登清楚他们想要说些什么。那些话大体上是无聊的。妈妈和龙二坐在圆桌对面，他们就像是面对着一只容易受到伤害和惊吓、无知而纤弱的小鸟一样，顾虑着登的心情。壮观！他们好像正在思考，怎样才能不破坏那只小鸟的情绪，怎样才能吃掉它的心脏——那只小鸟就摆放在盘子上，茸毛倒竖，纤细得似乎触碰一下都会损伤。

登并不完全喜欢自己在妈妈和龙二想象中的那个可爱的形象。他有必要将自己装扮得更像一个受害者。

“好吗？你要认真听妈妈下面说的事。因为这是一件重要的事情。你有爸爸了。冢崎先生今后就是你的爸爸。”

登毫无表情，一动不动地听着。他确信自己看上去无比的茫然若失。可是，如果仅此倒也罢了。妈妈后来说出的愚蠢话语，令登始料未及。

“……你去世的爸爸呀，确实是个好人。他去世时，你已经八岁了，因此脑海里一定会有很多令人怀念的关于爸爸的回忆。不过呀，妈妈这五年很寂寞，我想你也同样。你也好，妈妈也好，都认为需要一位新爸爸，对吗？你不会不理解吧？你知道妈妈是多么想为你找到一位理想、强壮而又温柔的新爸爸啊！正因为你死去的爸爸是个好人，所以妈妈才更加苦恼。你已经是大人了，应该明白这个理儿，是吧？这五年里，只有你和妈妈两个人，真不知是多么的担惊受怕呀！”

妈妈愚蠢而又匆忙地掏出香港制手帕哭泣起来。

“都是为了你呀，阿登，都是为了你！像冢崎先生这样健壮、温柔、出色的爸爸世上哪里去找啊？……好吗，从今天起，你就管冢崎先生叫爸爸吧。仪式赶在下个月办，到时候要请很多客人来，举办一个宴会。”

龙二从默不作声的登脸上挪开视线，独自反复搅弄着绍兴酒杯中的冰糖，一杯又一杯地自斟自饮。他担心，在这位少年的面前，自己会不会显得厚颜无耻。

登知道，他们在拼命安慰自己的同时也在惧怕自己。他为自己这温和的恫吓力所陶醉。他把自己冷酷的内心世界抛至身后，嘴角上泛起了一丝微笑。那是没有完成课外作业的学生，怀着从绝壁上飞身而下的自负，微微漾起的微笑。

在合成树脂板制成的朱红色圆桌对面，龙二乜斜着眼睛敏锐地捕捉到了这个微笑。他再次产生了误解，于是间不容发地也冲登赔上了笑脸。这张笑脸与他以前曾在公园淋得好似落汤鸡一般，令登失望得无地自容的那张笑脸并无二致，是一种夸张的笑靥。

“好嘞，那么从现在起，我就不再叫你‘登君’，而改叫阿登了！来！阿登，和爸爸握一下手吧！”

龙二从餐桌对面递过自己有力的手掌。登仿佛划开水面一般费力地将手伸了出去。他觉得无论把手伸到何处，都难以够到龙二的指尖。总算碰到了。登的手指立刻被对方那粗壮的手指拉了过去，开始了热烈而粗鲁的握手。就在这时，登觉得自己好似被封闭进了一股旋风中，整个身躯都被卷入到了那个自己最不喜欢的不定型的温吞世界里。

……当晚，妈妈道了晚安，刚刚带上没有上锁的门，登就像疯了似的，一遍又一遍地在口中嗫嚅：“坚实的心！像铁锚一般坚实的心！”他迫切地想把自己那颗地地道道的坚实之心设法捧在手上瞧瞧。

妈妈临走时关上了煤气暖炉开关。房间里满是寒气与暖气的缓缓纠缠。倘若他赶紧刷牙，换上睡衣，钻进被窝，也就一切都不会发生了。

可是，不得要领且并非本意的沉重感，使他甚至懒得脱下套头毛衣。如此焦躁地切盼妈妈再度出现在房间里的情形以前从未有过——例如，妈妈因为忘说了什么而返回房间。同时，他也是破天荒地像今晚这样鄙视妈妈。

登在愈演愈烈的寒气中等候着。等待使他精疲力竭。于是，他再次开始了不合逻辑的空想。在那个空想世界里，妈妈再度出现在眼前，如此这般地叫喊着：

“这一切都是谎话！是糊弄你逗你玩的！对不起啦。我们决不会结婚。要是结了婚，这个世界就会变得一团糟。港口就会有十艘油轮沉没，陆地上会有很多火车翻车，街头装饰橱窗的玻璃就全都会破碎，所有的蔷薇花就会变得跟煤炭一样乌黑！”

因为左等右等也不见妈妈返回，登终于编织出了一个如果妈妈回到这里则绝对会困窘的状况。他既不明白这种感情滥觞于何处，也不清楚它将会带来何种结果。如此毫无缘由地苦苦等候妈妈的心情，必定会给登本身造成沉重的打击，但他也许只是为了要给妈妈带来可怕的重创。

在这令其毛骨悚然的勇气的驱使下，登的手渐渐颤抖起来。自打房门不再被锁上的那个夜晚开始，他就再未触碰过那只大抽屉。这当然事出有因。大年三十，即龙二回来后的那天早上，两人进屋不久便躲进妈妈的房间里闭门不出。登成功地偷看到了房事的整个过程——两人缠绵在一起，像锁链般蠕动，眼前的情景令人目眩。然而，上午在自己没有被锁上房门的房间里藏身于抽屉空当中，这一冒险行动的危险性令登心生悸惧。

但是，眼下的登却以诅咒般的心境，期盼着世界的小小变革。如果说自己是天才，世界不过是个虚妄的存在的话，那么，自己就理应具备对其加以证明的力量。他觉得，给妈妈和龙二所确信的茶碗般滑润安稳的世界嵌上一条细微的裂璺也未尝不可。

登猛地跑了过去，把手搭在大抽屉的拉环上。以往都是静静地抽出，可现在他却毅然决然地大声将抽屉拉了出来，并把它粗暴地扔在地板上。他一声不响地站在那里，侧耳倾听着。从家中任何地方都没有传来相应的声响。楼梯上也没有响起慌慌张张上楼的脚步声。万籁俱寂。能够听到的，只有自己心脏飞快的鼓动。

登看了一眼时钟。才十点。这时,他萌生出一个怪异的念头:就在抽屉空当里学给他们看!这是一种奇妙的讽刺。要想嘲笑大人们卑劣的心血来潮,再也没有比这更好的方法了。

登拿着英语单词卡片和手电筒,钻进了抽屉空当中。妈妈大约会为某种不可思议的力量所吸引而来到这里吧?当她发现了登奇怪的样子后,一定会凭直觉意识到登的目的吧?她大概会因羞耻和气愤而怒火中烧吧?她会揪出登,扇上几个大耳光吧?那时,登或许会用羔羊般天真烂漫的眼神,拿出单词卡片这样说:

"怎么就不行了?我正在这儿学习呢。狭窄的地方反而让人心里消停嘛!"

——想到这儿,登被溢满尘埃的空气呛得笑了起来。

登弓身待在空当里,不安的感觉随之逝去。此前的心神不定竟显得那样荒唐可笑。真是弄假成真,他觉得学习的念头正从头脑里慢慢萌生出来。管它呢,对于登而言,这里是世界的边境,与赤裸的宇宙直接相连,无论逃遁到哪里,都不可能到达比这儿更远的地方。

他勉为其难地屈起胳膊,用手电筒照着卡片一张张阅读起来。

Abandon……抛弃,舍弃。

这个单词他常用,因此认识。

Ability……能力,才能。

这与天才有什么不同呢?

Aboard……在船上。

轮船又出现了。他在脑海里唤醒了出航时响彻甲板的从扬声器传出的声音。接着,耳畔又响起了巨大的金色汽笛声,如同绝望的布告一般……absence[①]……absolute[②] ……登在手电筒光亮的照射下，不知不觉地步入梦乡之中。

龙二和房子很晚才走进卧室。由于今天晚上用餐时对登宣布的那个决定，两人摆脱了心理上的重荷，只觉得一切都已到了崭新的阶段。

可是，在就要上床之际，房子的羞耻感却不可思议地复苏了。房子刚才详细述说了事实真相，并过度地谈论了骨肉至亲的感情。她感受到迄今为止从未有过的深深安堵，同时也萌生了一种针对陌生的神圣对象而产生的莫名其妙的羞耻感。

房子穿着龙二喜欢的黑色西式女睡袍，在床上躺下以后，她一改以往听凭龙二把房间弄得灯火通明的习惯，要求他关掉所有的电灯。接着，龙二在黑暗中抱住了房子。

事情结束后，房子说道：

“原以为在黑暗中就不会觉得羞耻，没想到正好相反嘞。反而感到黑暗全都变成了眼睛，仿佛自始至终都有谁在看着似的。”

龙二对房子的神经质报以一笑。他环视着房间。室外的灯火被窗帘遮住，无法进入眼帘。房间一隅的回流式煤气暖炉没有火焰，只能看到微弱的蓝色亮光，宛如遥远小镇上的一片夜空。双人床黄铜柱子的些许光亮，正在黑暗中微微颤动。

突然，龙二的目光停留在与隔壁相邻的围墙裙板处。裙板上有一圈风格古朴的波浪形木雕框，其中的一处正向黑暗中渗透出微

① 英文，缺席。
② 英文，绝对的。

弱、模糊的光亮。

“那是什么呢？”龙二漫不经心地问道，“阿登大概还没睡。这房子已经很旧了，明天，我用点儿东西把那个隙缝堵起来吧。”

房子像蛇一般从床上抬起白皙光滑的脖颈，目不转睛地凝视着由那里泄出的光亮。她随即迅速明白了一切，抓起身边的长袍将胳膊伸进衣袖内，然后一言不发地跃身破门而去。龙二惊慌地喊她，但是没有回音。

登的房间响起了开门的声音。一阵短暂的沉默之后，传来了房子的哭泣声。龙二也滑下床来。可是他又在考虑，自己现在就过去是否合适？他在黑暗中犹豫了片刻，接着便打开立式台灯，在窗边的长沙发上坐下，点燃了一支香烟。

登霍地睁开了双眼，因为他被一股突如其来的凶猛力量扯着长裤从抽屉中拽了出来。还未等他弄清发生了什么事，妈妈那富有弹性的纤细手掌，已经不由分说劈头盖脸地向他的面颊、鼻子和嘴唇落将下来，以至他无法睁开双眼。登有生以来还从未被妈妈如此抽打过。

登被拽出来的时候，也不知是妈妈还是登，被大抽屉绊了一下，致使衬衫之类的衣物飞散一地。登的一只脚戳进那些衬衫中，几乎摔倒在地板上。他无法相信，妈妈竟会拥有如此可怕的力量。

登总算仰望到了妈妈的身影。她正气喘吁吁地站在那里俯视自己。

深蓝色的锦缎睡衣上面分布着若干银色孔雀羽毛。由于底摆宽松肥大，妈妈丰腴的下半身显得异常的庞大，看上去似乎在恫吓自己。在那逐渐缩短、变小的上半身遥遥的顶端，耸立着妈妈那张被泪水打湿的小脸——她在喘息、悲哀，俄顷间仿佛可怕地苍老了许多。远处天花板上的灯光，在其散乱的发际洒上了狂野的光圈。

当登看清这一切以后，一个记忆倏然浮现在他冰冷的后脑勺内。他觉得很久以前自己似乎曾经遭遇过与此相同的瞬间。那无疑就是经常在梦中看见的受到处罚时的情景。

妈妈哭出声来，而那双泪水涟涟的眼睛却依然紧紧地盯着登，她用难以听懂的声音这样喊叫着：

"可耻！太可耻了！自己的儿子竟会这么卑鄙无耻！竟会干出这种事来！我不想活了呀！你对妈妈干了一件多么可耻的事呀，阿登！"

令登愕然的是：如方才在心中所策划的那样，以"我正在这里学习英语"来进行自我辩解的想法此时早已不见了踪影。要不要那样做已经无关紧要了。妈妈是绝对不可能产生误解的。迄今为止如同蚂蟥一般为其深恶痛绝的"事情真相"已经吸附在她的肌肤之上。就这一点而言，登和妈妈可谓生平第一次成了平等和等价的人。这几乎可以谓之为一种共鸣。登捂着被抽打得火辣辣的面颊，意欲仔仔细细地观看一下近在咫尺的人转瞬间飞往漫无边际的远方时的情形。登心里很清楚，妈妈的愤怒和悲哀，显而易见不是因为发现了事实真相本身。她那无处躲藏的羞愧和懊恼，全都来自某种偏见。妈妈立刻就会洞察事情的真相——那种毫无新意的解释只能促使妈妈更加激愤。既然如此，自己的那个“我正在这里学习英语”之类的漂亮辩辞，又能对她起到什么作用呢？

“我是管不了你了！”俄顷，房子用可怕的语调平静地说，“这么可怕的孩子我已经管不了啦！你等着，我要让爸爸来教训你。我要叫爸爸狠狠地教训你一顿，看你下次还敢再干这种蠢事！”

很明显，妈妈期待这些话能使登哭出声来认错。

此时，房子的内心产生了某种动摇，她开始意识到必须对此事做出善后处理了。她要把龙二尚未露面与登或许马上就会哭着认错这两个时间差衔接起来，使一切在龙二的眼里都显得模糊不清，借以维护自己身为人母的自尊。于是，登尽快哭着认错便显得至关重要。一旦将父亲的斥责用做恐吓手段的话，那么，这种母子俩事先串通好了的解决方法就不能由母亲来进行暗示。房子除了缄默等待之外别无选择。

登也沉默不语。他所感兴趣的只有一点，那就是机械一旦启动后所必须抵达的极限地点。在那个抽屉的空当中，登曾经处在自己世界扩展开来的大海和沙漠的终极之地。既然一切都已在那里发生，既然因为待在那里他便不得不接受惩罚，那么，他就无法再回到温馨的人类城镇中，把脸伏卧在洒满微暖泪水的草坪上。在晚夏的某个夜晚，透过那个小小的窥孔，他曾向清晰可见且辉煌耀眼的关联之环以及被那个汽笛的轰鸣所装饰出来的人类的美丽峰巅立下过誓言，然而他未能履行。

就在这时，房门游移不定地摇动起来，一晃闪现出了龙二的脸。

房子立时怒从心起——她意识到自己和儿子全都错过了机会。龙二要么根本就无须露面，要么从一开始就跟随她一起过来。可他现在却如此笨拙地出现在这里，房子为此怒不可遏。可是，她同时又必须顾及自己感情的尺度。她因此变得焦躁不安。她把比先前更为猛烈的怒火喷向了登。

“到底怎么回事啊？”

龙二慢吞吞地走进房间问道。

“请你训斥他，孩子他爸！不揍他一顿，这孩子的坏毛病是不会改的。这孩子钻到这个抽屉的空当里，偷看我们的卧室。”

“真的吗？阿登。”

龙二的询问声中并无怒气。

登伸直双腿坐在地板上，默默地点了点头。

“那么……对了，只是今天晚上，偶然灵机一动才那么干的，是吧？”

登毫不犹豫地摇了摇头。

“那么，说来也就那么一两次，是吗？”

登再次晃首。

“这么说，是一直这么干了？”

见登颔首，房子和龙二不由得面面相觑。在两人视线的碰撞所激起的闪电中，登愉快地遐想着龙二所一直憧憬的陆地生活和房子所笃信的健全家庭在蓝幽幽的火花映照下訇然崩溃时的情景。此时，他已沦为感情的俘虏，几乎于无意之间过分地相信了想象的力量。因为，他在热烈地期待着什么。

“是这样……”

龙二把双手漫不经心地插在室内便服的口袋里说道。两条毛茸茸的腿从其衣服下摆处露出，矗立在登的眼前。

现在，龙二被身为人父的决断所困扰。这是他在有生以来的陆地生活中第一次被强求做出决断。有关大海的粗犷记忆，硬是把温存渗透到他过去一直厌恶的有关陆地的观念里。这便阻挠了龙二那大体上可以称为本能的作风。殴打登一顿简单，可棘手的未来却在等待着他。他要通过威严获得爱，平素还要成为危难之际恰逢其时的救世主，核对每天的收支账目……他要成为女人莫名其妙的情感极为夸张的理解者，即使遭遇如此出乎意外的事态，他也要准确地抓住事物本质，成为一个绝对正确的教育者……总而言之，处理这件事不能像大洋中的暴风骤雨，而必须像陆地上吹拂的微风一样徐缓。大海那遥远的影响已经在不知不觉中显现出来，使他无法分辨感情的崇高和卑劣，使他产生了陆地在本质上不可能发生什么重要事情的感觉。他越是想做出现实的判断，在其眼前的陆地上所发生的事就越是带有一层梦幻的色彩。

首先，房子虽然让自己"揍这个孩子"，可自己却不能奉命行事。他明白，房子希望得到的，是一个最终能够感谢他宽宏大度的结果。

于是，龙二一边敷衍着眼前的一切，一边相信了身为人父的感情。其内心深处对这个心灵闭塞的早熟儿其实并无爱意，说来甚至视为累赘。在这一瞬间里，龙二一边否定了马上履行自己义务的想法，一边陷入到一种错觉中——他觉得自己正在向登注入一种真正的父爱。不仅如此，他还觉得这种感情似乎刚被发现，他甚至为自己这份父爱的别扭和笨拙而惊讶不已。

“是这样……”

龙二再次说道。接着，他从容不迫地屈下身子，盘腿坐在了地板上。

“孩子妈，你也坐下来吧。我在想，罪过并不都在阿登一人身上。由于我的到来，你的生活也彻底改变了。但这也并不能怪我。不过，生活完全改变了，这是事实。作为一个中学生，对于生活的变化生出好奇心是无可非议的呀。你的所作所为虽然不好，真的确实不好，不过，今后把这种好奇心转移到学习上去就是了。怎么样？

至于你所看到的事，什么也别说，什么也别问。你也不是小孩子了。我们总有一天会以成年人的关系，在一起说说笑笑的。孩子他妈呢，你也应该冷静下来，忘掉过去的事，大家今后互相携手，愉快地生活下去吧。爸爸明天就去堵上那个小孔。这样一来，我们就会慢慢忘掉这个令人不快的夜晚。怎么样？是这样吧？阿登。”

登依然以窒息般的心境听着龙二的话。

“这个家伙居然会说出这种话来！这个以往曾经那么了不起、那么光辉灿烂的男人！”

龙二的每一句话都令登难以置信，他想模仿妈妈喊道：“啊，太可耻了！”这个男人在絮叨着他根本就不该说出的话。他以肉麻的语调说出了下贱至极的话。这才是直到世界末日降临，也绝不该从他口中吐出的肮脏语言，是人类在臭烘烘的巢穴中叽叽咕咕嘟哝的牢骚话。而且即便现在，他仍旧自我陶醉，并满足于他所扮演的父亲角色，洋洋自得地唠叨着。

“你就满足吧！”

登在思考的同时，几乎就要呕吐出来。明天，这个男人大概就会用他那下贱的手，那利用星期日在家干木匠活的父亲的手，永久地堵上那个小小的通道——那个通往他本人曾经昙花一现地闪现过人世难觅之光辉的通道了！

“怎么样？是这样吧？阿登。”

说罢，龙二便把手搭向登的肩头。登冻僵的小小肩头没有能够抖落掉那只手。此时，他只是在想：头领当初说得没错！在这个世上挨揍还不是最糟糕的呢！

# 六

由于登向头领提出了召开紧急会议的请求，放学后六个人便聚集在外国人墓地下面的市营游泳池里。

从长满了茂密橡树的马背一般的山冈上走下去，就可以通往游泳池。他们在中途的斜坡上停下脚步，透过常绿树的隙缝，眺望着在冬季阳光照射下石英闪闪放光的外国人墓地。

从这里举目远眺过去，但见排列在两三层台地上的石制十字架和墓碑，全都背对着他们。墓冢间透出凤尾松发黑的绿色。那里供奉着从温室里剪下的带有茎叶的鲜花，它们在十字架的阴影中显现出格外鲜艳的红色或黄色。

这座山冈的右侧是外国人墓地，正面可以望见高出谷底人家片片屋脊的海塔。游泳池就在左侧的山沟里。过了游泳季节的游泳池的观众席则每每成了他们最为适宜的会场。

大树的根部已经露出地表，宛如粗大、乌黑的血管一般蜿蜒扩展至远方。六个人分散着跃过布满这些大树根部的斜坡，自长满枯草的小径向谷底的游泳池跑去。游泳池早已干涸，被繁茂的常绿树环绕着，露出了蓝漆日渐剥落的池底。万籁俱寂。枯叶取代了池水，聚集在每个角落。被涂成蓝色的铁梯，远远没有延伸到池底。西斜的落日被屏风般环绕着游泳池的山崖所遮蔽。池底暮色浓郁。

登一面跟在大家身后往山下奔跑，一面回想着适才于眼前一闪而过的众多外国人墓冢，那些背朝这厢的墓冢和十字架，已在登的心底扎下根基。既然它们全都面朝彼方，那么，我们所在的这个背面，应该起个什么名字才好呢？

在略呈黑色的混凝土看台上，六个人以头领为中心，坐成了一个菱形。登一声不吭地从书包里取出一本薄薄的笔记本，把它递给了头领。笔记本的封面上，用刺眼的红色墨水写着"冢崎龙二的罪状"几个字。

大家全都探过头去，与头领一起阅读。那是登的日记摘录，以昨夜的抽屉事件为结尾，共达十八项之多。

"这下可严重了，"头领用沉痛的语调说道，"仅仅是第十八项就该有三十五分。总共……是啊，即便第一项只有五分，可越是靠近结尾处的项目分数就越高，总共远远超过一百五十分。没想到会走到这一步。看来是到了下决断的时候了。"

听着头领的这番自言自语，登感受到一阵轻微的战栗。于是他这样问道：

"无论如何都无法挽救了吗？"

"没救了呀。真可怜……"

六个人沉默了片刻。头领意识到这是缺乏勇气的表现，便用手指把干燥的落叶捻成粉末，只握着硬实的叶脉，说道：

"我们六个人是天才，而且正如大家所知道的那样，世界是虚无的。这我已经说过多次。可你们认真考虑过吗？目前的结果是，我们宽恕了所有事物的认识还不够深刻。宽恕的主体是我们。我们宽恕了老师、学校、父亲以及社会之类所有的垃圾堆。这并不是因为我们没有力量。宽恕是我们的特权。如果我们还有一丁点儿的怜悯之念，我们就不可能如此冷酷地宽恕这一切。也就是说，我们总是宽恕本来就不应该宽恕的事物。可以宽恕的东西其实非常少，比如大海什么的……”

“还有轮船什么的。”登补充道。

“是的，就是那些极少数的东西。但如果那些极少数可以宽恕的东西企图叛逆的话，就等于是我们养虎遗患了。是对我们特权的一种侮辱！”

“迄今为止我们一直什么都没做。”

一号插嘴道。

“我们不可以永远无所作为！”

头领以清爽的语气迅即回应道。

“可是，这个叫作冢崎龙二的男人，他的存在对我们大家虽然没有什么大不了的，但对三号来讲却至关重要。至少他还有点功劳——让三号亲眼看到了我再三讲述的世界内在关联的光辉的证据。可是，在那之后他却残忍地背叛了三号，变成了地球上的至恶。也就是变成了父亲。这是不能被允许的。这比从一开始就没有起到任何作用还要恶劣。

“正像我常说的那样，世界由单纯的符号和决定组成。龙二自己或许并不知晓，但他就是符号之一。至少根据三号的证词，他似乎就是那些符号当中的一个。

“我们的义务大家都清楚了吧？我们必须把已经滚落了的齿轮再度强行镶嵌到它原来的位置上。否则，就无法维持世界的秩序。

正因为我们知道世界原本就是一个空洞，所以最重要的是，我们只能想方设法去维护这个空洞的秩序。因为我们是为此而生的卫士，是为此而生的执行者。”

之后他愈加干脆地说道：

“没有办法。处死吧！说到底这么做也是为了那家伙本人……三号，你还记得吗？我曾经在山下码头说过这样的话——只有一个办法能让那家伙再度成为英雄。该说的时刻很快就会到来。”

“记得。”

登摁着微微颤抖的腿答道。

“现在，那个时刻已经到来了。”

除了头领以外的五个人面面相觑着，之后便噤声无语。因为他们已经意识到头领所要说明的内容的严重性。

他们眺望着西照愈加浓厚的空空荡荡的游泳池。几道白色线条残留在已经剥落的蓝色池底上。干透的落叶重叠着麇集在池子的角落里。

眼下，那池子深邃得令人恐怖。尤其是底部，微暗的蓝色愈发使其显得深邃。就是将身躯投向那里，也没有任何东西可以托住身体——这种实感被空荡荡的池子酿就出一种持续的紧张。没有了夏季的包容和支撑游泳者身体的柔和的池水，这个成为水和夏季的纪念碑一般永恒的干燥场所就变得极为危险。那架从水池边缘延伸下去，却在离池底尚有相当距离的地方突然中断了的蓝色梯子……

支撑身体的，真的没有任何东西！

“明天学校两点放学，到时把那个男人诳到这里，然后大家一起赶往杉田,把他带到我们那个干船坞去！三号,你的任务就是巧妙地把他骗出来！

下面我吩咐各自要带的物品,大家可都记好了。我带安眠药和手术刀。那样强壮的男人,必须首先麻翻他,否则我们根本就制服不了他。我家里的德国安眠药定量是每次一到三粒。所以,如果让他吞下七粒的话,应该是可以一下子就撂倒他的。为了便于溶化到红茶里,得先把药片碾成粉末。

一号准备登山用的五毫米粗的麻绳,长度要在一米八。一、二、三、四,对了,就多准备点,带五条来吧。

二号要带来暖水瓶。里面装上热红茶。把暖水瓶藏在书包里。

三号负责诓人,所以什么都不需要带。

四号要带来白糖、匙子,还有我们喝茶用的杯子及让那个家伙用的深色塑料杯。

五号带来蒙眼布和堵嘴用的毛巾。

再就是大家要各自带来自己喜欢的刃具。匕首也好锥子也罢,只要是自己喜欢的就行。

要领嘛,以前我们已经拿猫练习过了。一样的。没有什么好担心的。只不过是比猫大一点而已。再就是可能要比猫臭一些。”

全员无语,目光落在空荡荡的游泳池里。

“一号！你害怕了吗？”

一号勉强地摇了摇头。

“二号！你呢？”

二号像突然感受到了寒意一般,将双手插进外套的口袋里。

“三号！你怎么啦？”

登喘息着，口中就像塞满了干草一样干燥得无法答话。

“嗨！瞧你那德行！我就知道会这样。别看平日里大话说得牛气冲天，可到了关键时刻立刻就瘪了。给你吃颗定心丸吧。为此我把它都带来了。”

说罢，头领便从书包里拿出一本赤褐色封面的六法全书[1]来，灵巧地翻开了事先找好的那一页。

“准备好了吗！我要念了。大家听好了。

“刑法第四十一条,十四岁未满者的行为不受法律制裁。

“我再大声念一遍哟。十四岁未满者的行为不受法律制裁。”

他将六法全书的那一页让五个少年轮流阅读了一遍，并接着说道：

“这大体就是我们的父辈，以及他们所相信的那个虚构的社会为我们制定的法律。对这一点，我认为应该感谢他们。这是大人们对我们抱有幻想的表现，同时也是他们无法实现梦想的表现。大人们不仅仅是自己绑住了自己，还认为我们也同样无所作为。多亏了他们的这种粗心大意，我们才可以在这里窥望到一小片蓝天，一小片绝对自由的天地。说来这是大人们创作的一个童话。但他们却创作了一个极其危险的童话。哎，不说了。不管怎样，迄今为止我们还是可爱、弱小、不知道什么是犯罪的儿童。

“在我们当中，下个月就满十四岁的，有我、一号和三号。剩下的三个人三月份也满十四岁了。大家想想看呀。对我们所有的人来说、眼下是最后的机会了。”

---

① 收录日本宪法、民法、商法、刑法、民事诉讼法以及刑事诉讼法等六大法律的典籍。

头领窥视了一下大家的神色。曾经些许绷紧的面孔已经和缓下来，可以看出恐怖感正在逐渐消退。大家终于开始意识到来自外部社会、虚构社会那笃厚的温存，感受到自己的确一直处在敌人的呵护下。

登仰望着天空。天空的蓝色不断变化。暮色正在徐徐降临。登在心中自忖：假如龙二在英雄般“死苦”[1]的过程中可以看到如此圣洁的碧空，给他蒙上遮眼布岂不是太可惜了！

“这是最后的机会了。”

头领再次说道。

“如果错失了这次机会，我们就只好先做好搭上性命的思想准备，才能进行人类自由赋予我们的最为崇高的事业，才能完成那个为了填补世界的空洞而必须执行的任务。对于我们——死刑的执行者来说，岂有拿生命去下赌注的道理？如果错失了眼前的时机，我们就一辈子都无法通过偷盗、杀人等行为来证明人类的自由了。我们就只能度过跟老鼠无异的一生——敷衍奉迎，在背地里造谣中伤并唯命是从，在妥协和恐怖中提心吊胆地虚度光阴，看自己邻里的眼色行事，之后结婚生子，最终变成那种东西——世上丑陋至极的父亲！

“鲜血是必需的！人类的鲜血！否则，这个虚无的世界就会变得苍白并彻底枯竭。我们必须绞尽那个男人的新鲜血液，给濒临死亡的宇宙、濒临死亡的天空、濒临死亡的森林、濒临死亡的大地输血！

“现在！现在！现在！再过一个月，那个干船坞周围推土机的作

---

① 即临死时的痛苦，小乘佛教基本教义“四谛”说之一的苦谛。

业就要结束。到时那里就会人来人往。而我们也都会成为十四岁的少年！”

头领仰望着天空说道。天空被常绿树树梢的黑影所围困，水一般清澈。

“明天应该是个好天气吧？”

# 七

一月二十二日上午，房子和龙二一起去找横滨市长，拜请对方充当月下老人。市长爽快地答应了他们。

在离开市政府返回店里的途中，他们顺便来到伊势佐木町的百货公司，请对方帮助印刷请柬。为了举办结婚喜筵，他们已经事先在新豪华大饭店做了预约。

早早用过午餐后，两人赶回了店里。

到了下午，龙二因早晨已经说好的私事而提早离开了店铺。今天早上抵达高岛码头的某一货船的大副是龙二商船高中时代的同班同学，对方只有下午才有时间与他相聚。

再者，龙二也不愿意穿着笔挺的英国西装去面会自己的同学。他无意在举行婚礼之前，向旧友炫耀自己环境的变化。龙二说，他要先回一趟家，换上便装，以与船员身份相称的姿态去面见老友。

“你该不会上船后就此下落不明吧？”

房子用笑谈将龙二送出门去。

——龙二在忠实地履行着登的嘱托——昨天夜里，登煞有介事地以请教作业为由把他叫到了自己的屋里。登告诉龙二，他接受了别人如下的委托。

“哎，我的朋友们想明天聚到一起听爸爸讲讲航海的事。他们两点放学后会在游泳池上边的山坡上等您。他们太想听了。求您了，就过来讲给他们听听吧。穿着打扮和以前当船员时一样，再戴上船员帽过来好吗？不过，对妈妈可要绝对保密哟。就跟妈妈说去见一个船员朋友什么的，然后离开店里赶过来好了。”

这是登首次向龙二撒娇，敞开心扉求他办事。龙二把这件事放在了心上——他不想背叛少年对他的信赖。这是做父亲的义务。过后即便露出事情真相，也可以当做笑话一笑了之。因此，龙二编造出了上述颇似真实的虚构故事，早早离开了店铺。

下午两点刚过，龙二便来到了游泳池上方的山坡上。他刚在橡树根部坐下，一群少年便出现了。其中一个看上去最为聪敏、长着月牙眉、嘴唇赤红的少年首先对龙二特地赶来郑重其事地表达了谢意，并说他不想在这种地方听故事，邀请龙二干脆和他们一起到他们的干船坞去吧。龙二心想，反正也是在码头附近，遂欣然应允。少年们嘻嘻哈哈地抢夺龙二的船员帽，并轮番试着把帽子戴在自己的头上。

这是一个严冬之际风和日丽的午后。背阴处虽然寒冷，但是，透过薄薄云翳照射下来的向阳处，却连外套都不需要穿。龙二将外套搭在腕子上，穿着灰色套头毛衣，戴着船员帽行走着。包括登在内的六个少年，每个人的手里都拎着旅行用手提包，喧闹不停或先或后地走在他的周围。在龙二眼里，作为当今时代的少年，六个人都显得身材矮小。看上去就仿佛是六艘拖轮在拖曳着一艘货船前行，却又不知道怎样曳航才好。然而龙二并未注意到少年们的闹腾劲儿里充斥着一种狂热的不安。

月牙眉少年告诉龙二，马上就要乘坐市营电车了。龙二虽然有些吃惊，但还是按照吩咐跟了过去。因为他深知：这个年龄段的少年极为重视故事的背景。在电车终于来到横滨南郊矶子区终点站杉田之前，他们丝毫没有下车的意思。

“究竟要去哪里呀？”龙二多次饶有兴致地问。既然已经决定奉陪到底，那就无论吃多大苦头脸上都不可露出不快的表情。

他在不被察觉的前提下不断地注视着登。龙二第一次看到：登已经失去了以往那仿佛在不断诘问的锐利目光，正愉快地融入在伙伴中。如此望去，便使得登与其他少年之间的界限变得模糊不清起来。恰如在透过车窗射进车厢内的冬季日光中观看不断飞舞在彩虹色中的尘埃颗粒一样，龙二曾多次把其他孩子错看成了登。真是令人难以想象，这一切竟会发生在这个拥有严重的偷窥癖、与其他孩子都截然不同的孤独的孩子身上。

龙二心想：自己腾出了半天的时间，并特意把自己打扮回原来的模样，陪伴着登和他的伙伴们，此次交往即便只能达到这种地步，也不失为一件好事。他身为人父，站在道德和教育的角度，产生了如是考量。大多数的杂志或者书籍上都是这么写的。他觉得今天的远行，是登特意向他伸出了橄榄枝，是一个求之不得的改善关系打好基础的机会。原为陌路人的父亲和儿子，已然融入到了一种虽无血缘但却温馨笃厚的信赖关系中。想来也是，如果登是龙二二十岁时生下的孩子，也并无任何不可思议之处。

在终点站杉田下车以后，少年们拖着龙二，一个劲儿地朝着通往山上的坡道走去。龙二再次饶有兴致地问道：

“喂，干船坞在山上吗？”

“是的。东京的地铁不就是在头顶上行驶吗？”

“这下可是棋输一招了！”

见龙二露出服输的表情，少年们得意忘形地大笑起来。

道路沿着青砥山进入到金泽区内。发电站复杂的绝缘子和电线将午后冬季的碧空划割开来。他们走过发电站，穿过了富冈隧道。但见右侧沿山边蜿蜒着京浜快车线路；左侧则是崭新明亮、散布在诸多丘陵上的分成小块出售的土地。

“马上就要到了。穿过那片分开出售的土地后就到了。这里以前曾经是美军基地。”

不过才片刻的功夫，说明完毕后立刻率先前行的头领级少年说话的腔调已经变得粗鲁起来。

斜坡上的分开出售用地已经平整完毕。强固土堤的石墙和道路工程也已经竣工。甚至已有多户人家开始了房屋的建造。将龙二裹在当中的六个少年登上了其间笔直的坡道。

就在接近坡顶的时候，道路突然消逝了。眼前是一片未加修整、形成了若干梯面的草地。就像变戏法一样，从山丘下眺望时那般笔直规整的道路，居然会在某个点上突然消逝在荒草萋萋的野地里。真是令人难以置信。

周遭不可思议般人迹杳然。从坡顶的彼侧，传来了像是推土机呻吟的声音。

往来的汽车声，从遥遥下方富冈隧道的路上升腾上来。在这杳无人烟的广阔景色里，只有机械遥相呼应的声音在充盈回荡。于是，这声音反倒愈发加深了明快景色的幽寂。

枯萎的草地上到处都打着桩子，那些桩子已经朽烂过半。

他们走过了草地。布满落叶的小径一直通往丘陵上方的山脊。右方，围在铁丝网内的锈迹斑斑的铁罐子掩没在草丛中。告示牌歪斜在那里，写有英文字母的马口铁上的一个个钉坑显露出斑斑红锈。龙二驻足读着告示牌上的文字。

U. S. FORCES INSTALLATION
UNAUTHORIZED ENTRY IS PROHIBITED AND
IS PUNISHABLE UNDER JAPANESE LAW...

"'PUNISHABLE'是什么意思？"

开口问话的，还是那个头领模样的少年。

龙二无论如何都难以喜欢上这个少年。因为就在他询问龙二时，其目光中瞬间闪现出来的犹豫，已经使龙二感觉到对方是明知故问。但是，龙二仍然佯装慈祥地答道：

"就是'应受惩处的'意思啊。"

"是吗？可现在这里已经不是美军基地了，我们可以随心所欲喽。啊！"

少年似乎话音未落，便可以马上忘掉刚才还兴致盎然的事情。就好像可以将方才一直拿在手中的气球弃之于空中任其飞走一样。

"这里已经是坡顶喽！"

龙二为小径上坡的尽头竟会俄顷间出现如此广阔的景致而瞠目。

“嚯！你们真是找到了一个好地方呀！”

这里的风景直面东北方向的海面。脚下左侧，山崖被削成了巨大的褐土斜坡，几台推土机正在作业中，翻斗车正在运送泥土。那些卡车从这里望去也显得很小很小。卡车的呻吟声持续搅扰着附近的空气。再往下看，工业试验所和飞机制造公司那整齐的一排排灰色屋脊以及中央办事处混凝土前院那些为绕车而栽植成环形的小松树全都沐浴在阳光下。

带有乡土气息的村镇住宅鳞次栉比地包围着工厂。温和日光那微妙的投影，反倒为高低不平的栋栋房舍精细地涂染上了相异的色彩，为工厂诸多的建筑物排列出齐整阴影的队列。在这飘逸着淡淡烟气的风景图画中，到处都闪烁着贝壳般的光亮，那是过往汽车的挡风玻璃。

随着大海的邻近，远近的风景都被压缩，愈发加深了独特、锈蚀、悲哀以及错综的感觉。一些通体赤锈的机械被丢弃在野外，任凭风吹雨淋。在它们的对面，红色起重机正在缓缓抬起头部。起重机的前面就是大海。防波堤石堆的白色十分显眼。停泊在正在进行的填海工程末端的绿漆斑驳的挖泥船上黑烟袅袅。

大海使龙二切实泛起了久别重逢似的感觉。本来从房子的卧室里随时都可以看到大海，可是，龙二近来却从未凭窗眺望过。远方的海面上飘浮着珍珠色云朵。云朵的投影在春季尚远的绛紫色海面上，染上了仅有的一片微白。那色彩看上去反而萧瑟凄凉。其他地方则云丝皆无。下午三点过后的天空，越是靠近天际，越是呈现出宛若洗褪了色一般无可奈何的单一蓝色。

海面上，或浓或淡的深棕色污水犹如巨大的渔网，从污染了的海岸向大海深处荡漾开去。海岸附近船影寥寥，远方的海面上蠕动着几艘货船。极目眺去，尽是一些三千吨左右的又小又旧的船只。

“我迄今为止跑的船，可不是那些小玩意儿。”龙二说。

“是一万吨的家伙吧？”一直寡言少语的登应声说道。

“到这里来呀！”头领模样的少年扯着龙二臂上的外套说。

一行人又从那条被落叶遮掩的小径稍稍往下走去。这里是奇迹般残留下来的一小块土地，从周围被破坏了的区域看，只有这里原封不动地保存了往日山顶的地貌。

林木茂盛的山顶守护着这里的西侧；几块复杂的斜坡相互连接，坡上的一片冬青树遮蔽住了东方的海风。斜坡连接着一块平整不佳的冬菜菜园。枯萎了的蔓草缠绕着小径周围的灌木丛，蔓藤的尽头悬挂着一颗干巴巴的红色王瓜。从西边洒下的阳光，在刚要照射到这里时即被挡住，只好在枯萎细竹的叶尖蹒跚。

少年们竟能发现如此罕见的隐秘之所并据为己有，龙二对他们这种年龄的孩子的独特能力惊讶不已。尽管他本人年幼时也曾有过类似的经历。

“是谁发现这地方的？”

“是我！我家就在杉田呀。我要从这一带去学校。是我发现后告诉大家的。”

一个几乎还没和龙二搭过腔的少年答道。

“你们所说的干船坞在哪里？”

“就在这里！”

只见头领模样的少年，正伫立在山顶低矮的山崖背阴处，手指着一个简陋的洞穴微笑着说道。在龙二看来，这个微笑就恍若纤巧的玻璃工艺品，极为脆弱和危险。他搞不清这种印象从何而来。少年犹如小鱼滑过一般，巧妙地从龙二身上挪开了细长睫毛下的视线，继续说道：

“这里就是我们的干船坞。山上的干船坞。我们在这里对那些破旧的船只进行修理，或者解体后重新修造。”

“是吗？把船拖到这种地方来很不容易呀！”

“很简单。轻而易举！”

少年再度泛起了冷酷的微笑。

在洞穴前那块稍微长有一点绿草的空地上，七个人弯腰坐了下来。来到背阴处后，只觉得异常寒冷。海上吹来的微风如针扎一样直刺肌肤。龙二穿上短外套，盘腿坐在地上。刚刚消停下来，推土机和翻斗车的轰响就再次夸张地闯入耳郭。

“你们当中，有谁乘过巨轮吗？”龙二尽量快活地问道。

少年们面面相觑，无人作答。

“说起船啊，首先就是晕船了。”龙二对着没有反应的听众打开了话匣子。

“当了船员以后，大多数人都吃过这个苦头。有的家伙甚至仅仅跑了一个航次，就因为过于艰苦，再也不干跑船的行当了。越是巨大的轮船，船体就越是左右摇晃，前后颠簸得厉害。而且还充满了轮船独有的涂料啦、油料啦，以及烹调的气味……”

当龙二发现晕船的话题无法提起大家的兴致时，便无可奈何地唱起歌来。

“你们听过这首歌吗？”

汽笛嘶鸣，彩带挣断
轮船驶离了口岸
我生来就是大海的男人
面对着渐渐远去的港湾
轻轻、轻轻地挥手
心潮起伏，热泪涟涟

少年们你捅我我戳你，笑出声来。登无法忍受这种屈辱，猛地起身，从龙二头上抓下船员帽。他不再理睬那些谈话，把帽子当做了玩具。

在那个硕大的葱蕾形徽章里，精细的金丝锚链盘绕在铁锚周围，金线刺绣的月桂树叶上结有若干银线锈成的果实，从左右两侧庄重地相拥相簇。帽徽的上下，金丝缎子如同悠然的缆绳一般相互缠绕。那片黑色的帽檐，则辉映着午后的天空，泛出忧郁的光泽。

往昔，就是这顶帽子，曾经在闪烁着夏日夕晖的大海上远离而去！它成了别离和未知的辉煌象征。随着它的逐渐远去，存在摆脱了束缚，变身为面向永远而傲然高举的火炬。

“第一次航海去的是香港……”

当龙二扯开话头时，他觉得大家似乎对他的话语渐渐产生了兴趣。

他讲述了第一次航海时的种种经验、失败、困惑、憧憬和胆怯。接着，他又聊起了世界各地的航海轶闻——停泊在苏伊士运河入口的苏伊士港时，在无人注意的情况下，一根系船用的粗缆竟会被人盗走；在亚历山大，会说日语的港口值班人员和在船上贩卖货物的商贩串通一气，向船员们强行兜售各种无聊的商品(从育人角度考虑，龙二没有详细披露那些商品的细目）；此外，在澳大利亚的纽卡斯尔，装上煤炭后货船旋即驶向悉尼，在只是值一个班的时间里，还要收拾整理船舶，以应对即将到来的货物装卸，其繁忙的程度超乎想象。不定期船大多如此，只是运送原材料和矿石，所以，每当在南美航线上遇到漂亮的联合公司水果船时，就会觉得一直堆积到舱口的南方水果那馥郁的香气，似乎正从海面上远远飘荡过来……

——话到中途，龙二发现头领模样的少年不知何时脱下了一直戴着的皮手套，正在往手指上咯吱咯吱地戴着一直可以够到臂肘的橡胶手套。为了能使冰凉的橡胶贴附在每个指缝里，少年多次神经质地交叉着手指。

龙二就此没有提出疑问。这是教室里那种头脑聪敏百无聊赖的少年做出的一种并无太大意义的古怪行为。

反倒是龙二，越说越冲动，越说越怀旧。他把脸转向了大海，转向了那个从这里望去不过是一条已被炖干了一般的蓝色线条。

这时，一艘很小的货轮拖曳着一缕黑烟，在地平线上渐渐远去。龙二在心中自语：自己也曾搭乘过它。

在与少年们如此交谈的过程中，他甚至渐渐理解了自己在登心目中被描绘出来的形象。

“我也是一个可以永远离去的人。”

本来已经深感厌倦，但他却再度稍稍感悟到了那个被他放弃了的东西的恢宏。

海潮郁暗的情感、从大洋上滔滔涌来的海啸的嘶鸣、前仆后继的浪花破碎后的挫灭……按理说未知的荣耀应该在黑暗的大洋上不断呼唤他，并且与死亡，抑或女人互相掺杂，进而决定下他那特殊的命运。二十岁时，他曾固执地笃信：在世界黑暗的深处有一点光亮，那是专门为他准备的，也是特意为了照亮他才渐次靠近了他。

在梦幻里，荣耀、死亡和女人总是三位一体。但是，得到女人以后，剩余的两个却离开自己，奔向了大海的彼方。大海已经不再以鲸鱼般哀戚的咆哮呼唤他的名字。龙二感到：被自己拒绝了的东西，如今，抑或从那时起就在拒绝着自己。

即便迄今为止一直如同炉火般熊熊燃烧的世界不曾属于过他，可他依然感到：在热带那令人怀念的椰树下，太阳就粘附在他的腹侧，用锐利的牙齿把那里咬得粉碎。而如今，只剩下了一些余烬。他开始了没有晃动的和平生活。

他甚至已被危险的死亡拒之于门外。荣耀更是自不待言。感情的恶劣陶醉；彻骨的悲哀；华丽的别离；南方太阳的别名——大义的呼声；女人们值得赞许的泪水；总是折磨内心的郁黯的憧憬；把自己逼迫到男子汉极致的沉重而甘美的力量……一切皆已终焉。

“不喝点红茶吗？”

身后响起了头领少年那高亢、清澈的声音。

“啊。”

龙二深陷在自己的思绪里，头也不回地应道。

在龙二的脑海里，浮现出了曾经靠泊过的诸岛情景——南太平洋的法属地马卡泰阿，还有新喀里多尼亚，马来亚附近的诸岛，西印度群岛诸国。

为那炙热的忧伤和厌倦而产生的狂热；遍地可见的秃鹫和鹦鹉。那漫山遍野的椰子！帝王椰子！孔雀椰子！从大海的辉煌中，死亡如同积雨云一般扩散开去蜂拥而至。他曾恍惚梦想过一种对他来说早已永远失去了机会的、庄严的、在万人瞩目下壮烈无比的死亡。如果说世界存在的本身，就是为了这一辉煌无比的死亡，那么，与此同时，世界即便为之毁灭也没有什么不可思议。

环礁内血液般温热的潮水；宛如黄铜喇叭声一般唱响云际的热带太阳；五色的海洋；鲨鱼……

龙二差不多就要开始后悔了。

“给！红茶。”

伫立在龙二身后的登，一动不动地把褐色塑料杯从侧面递到他面前。龙二心神恍惚地接过了杯子。他注意到：或许是寒冷所致，登的手正在微微颤抖。

龙二依然沉浸在梦幻里，粗暴地将已经丧失了热度的红茶一饮而尽。喝下去以后，他便觉得苦不堪言。正如众所周知的那样，荣耀的味道是苦的。

**图书在版编目(CIP)数据**
午后曳航 / (日) 三岛由纪夫著; 帅松生译.
—上海: 上海译文出版社, 2011.11(2024.12 重印)
(三岛由纪夫作品系列)
ISBN 978-7-5327-5272-0

Ⅰ. 午… Ⅱ. ①三… ②帅…
Ⅲ. 长篇小说-日本-现代 Ⅳ. I313.45

中国版本图书馆CIP数据核字 (2010) 第233150号



午后曳航
午後の曳航
[日] 三岛由纪夫 著
帅松生 译
出版统筹 赵武平
责任编辑 于 婧
装帧设计 柴昊洲

图字: 09-2008-490号

上海译文出版社有限公司出版、发行
网址: www.yiwen.com.cn
201101 上海市闵行区号景路159弄B座
上海新华印刷有限公司印刷

开本 890×1240 1/32 印张 5 插页 2 字数 96,000
2011年11月第1版 2024年12月第5次重印

ISBN 978-7-5327-5272-0
定价: 35.00元